"一带一路"大型系列丛书

总策划 戴佩丽
主 编 孙春光

王信国◎著

新疆是个好地方

大漠风语

中央民族大学出版社
China Minzu University Press

图书在版编目（CIP）数据

大漠风语 / 王信国著 . —北京：中央民族大学出版社，2021.4（2023.5 重印）

（"一带一路"大型系列丛书 . 新疆是个好地方 . 第三辑）

ISBN 978-7-5660-1890-8

Ⅰ.①大… Ⅱ.①王… Ⅲ.①散文诗－诗集－中国－当代 Ⅳ.①I227.6

中国版本图书馆 CIP 数据核字（2021）第 025570 号

大漠风语

著　　者	王信国
责任编辑	戴佩丽
责任校对	杜星宇
封面设计	舒刚卫

出版发行　中央民族大学出版社

北京市海淀区中关村南大街 27 号　　邮编：100081

电话：（010）68472815（发行部）　　传真：（010）68933757（发行部）

（010）68932218（总编室）　　　　（010）68932447（办公室）

经 销 者　全国各地新华书店

印 刷 厂　北京鑫宇图源印刷科技有限公司

开　　本　787×1092　1/16　印张：13.75

字　　数　181 千字

版　　次　2021 年 4 月第 1 版　2023 年 5 月第 2 次印刷

书　　号　ISBN 978-7-5660-1890-8

定　　价　55.00 元

目 录

"一带一路"大型系列丛书
——新疆是个好地方

001··· **第一辑　大漠风语**

002··· 驿　站

003··· 羊皮书

004··· 木乃伊

005··· 呈　现

006··· 马蹄交响

007··· 大漠不语

008··· 栅　栏

009··· 红柳在大漠燃烧

010··· 塞外月光

011··· 看见一只红蚂蚁

012··· 骆驼在沙漠舞蹈

013··· 笛之歌

014··· 雪山很近

015··· 大漠雪

016··· 河西走廊以西

017··· 胡杨在深夜低诉

018··· 兄弟一样的向日葵放歌大漠

019··· 夕阳西下

020··· 乌鲁木齐

021··· 盐碱滩比盐更咸

022··· 哈密以西

023··· 风吹着风寻觅风的影子

024··· 河流已远

025··· 吐鲁番风语

026··· 鹅卵石不语

027··· 在大漠聆听远古的回声

028··· 大漠听风

029··· **第二辑　风吟草原**

030··· 月色草原

031··· 相遇老鹳草

032··· 一只羊领着一群羊行走在草原上

033··· 阳光轻抚马背上的草场

034··· 游牧图

035··· 马背长调

036··· 风吹过草原

037··· 放牧天山

038··· 马背上的草原

039··· 牧　道

040··· 牧歌里的毡房

041··· 鹰飞过草原

042··· 坐在赛里木湖畔听花开的节奏

043··· 白毡房在绿草地上绽放

044··· 跟着羊群寻找舞蹈的河流

045··· 相遇鹿蹄花

046··· 红骏马

047··· 点燃牧歌

048··· 和一支牧鞭对话

049··· 母性草原

050··· 天堂草原

051··· 松　涛

052··· 月色草原

053··· **第三辑　河流舞蹈**

054··· 博尔塔拉河，金子一样叙述

055··· 不朽的红柳

056··· 一只鹰在草尖上修行

057··· 最后一只羊走过草原

058··· 舞蹈的河流

059··· 雪一瓣一瓣落下

060··· 天山月

061··· 雁　阵

062··· 冬不拉琴语

063··· 鹰

064··· 看见芦苇

065··· 河之约

066··· 聆听风吟

067··· 雪莲在鹰翅上飞翔

068··· 古　井

069··· 雪继续下

070··· 带釉的月光

071··· 油菜花开

072··· 红柳花开

073··· 琴弦上的世界

074··· 风雪已远

075··· 诗画唐布拉

078··· 接近蓝色

079··· 一觉醒来，才发现梦无法带走

080··· 鹰之韵

081··· 白猎犬在草原舞蹈

082··· 一峰骆驼回到黄昏

083··· 手背朝上

085··· **第四辑　雪莲之恋**

086··· 驼群从远方走来

087··· 叫梅的女孩

088··· 现　在

089··· 失　约

090··· 想起一只鹿

091··· 相　逢

092··· 那年冬天

093··· 突然想起与你有约

094··· 还能想起

095··· 雪莲之恋

096··· 紫色乐园是我生命之根

097··· 一只鹰并不孤独

098··· 柳兰花开

099··· 胡杨之恋

100··· 永远的马头琴

101··· **第五辑 炊烟不语**

102··· 红灯笼

103··· 红土山

104··· 老榆树

105··· 麦子地里伫立着一棵向日葵

106··· 冬天果园

107··· 土 豆

108··· 胡麻地里有一个人

109··· 紫色一点一点涂染苜蓿的魂灵

110··· 一双布鞋的山路

111··· 又见白杨树

112··· 在春天怀念春天

113··· 一个人的胡杨

114··· 这个季节，与汗水有关

115··· 在麦子地采撷汗水的晶莹

116··· 背帆布书包的日子

117··· 想起麦子

118··· 喊醒父亲

119··· 土豆在深夜敲门

120··· 对话苜蓿

121··· 棉花地里有一个人

122··· 送到车站

123··· 琴弦上的宋词

124··· 一株胡麻在深夜歌唱

125··· 井　水

126··· 木头锅盖

127··· 打谷场

129··· **第六辑　西域写生**

130··· 伊犁的那些花

132··· 在魔鬼城听风

133··· 一峰骆驼向我张望

134··· 湿　地

135··· 温泉素描

136··· 博尔塔拉

137··· 都拉洪草原读月

138··· 阿拉山口风语

139··· 精河生态园画像

140··· 路过艾比湖

141··· 油画一样的阿尔夏提草原

142··· 一个人的杞乡

143··· 西　域

144··· 新疆巴扎

145··· 背负星星上路

146··· 消失的牧道依旧是一道风景线

147··· 天狼星下的水墨

148··· 坐在柳条筐上歌唱

149··· 想起雪

150··· 胡　杨

151··· 放牧阿拉套山

152··· 岩石上的盛典

153··· 地平线上有一棵行走的树

154··· 读一幅画

155··· 写生新疆

157··· **第七辑　边地交响**

158··· 迎接我的是胡杨

159··· 红柳驱赶寂寥的时光

160··· 沙漠里的寂静

161··· 胡琴叫醒马蹄的回声

162··· 一块驼骨背负天涯行走

163··· 在西风中打捞沉淀的时光

164··· 墓　地

165··· 兄弟一样的胡杨

166··· 禅一样的花朵在戈壁绽放

167··· 胡琴在静夜响起

168··· 冬不拉的河流

169··· 在松涛里看见一朵云的前生

170··· 坎土曼走过冬季

171···　听　茶

172···　马背上延伸的牧道

173···　穿婚纱的赛里木湖

182···　边地花儿

192···　一条河流滋养的灵壤

196···　温泉河谷回声

200···　散文诗的新疆（后记）

第一辑

大漠风语

◎大漠腹地，风吹着风奔跑。黄沙围困干裂的木头栅栏。太阳老眼昏花，躲在黄沙之上修身养性。骨瘦的驿站，匍匐黄沙脚下，聆听马蹄瞌响远天的回声。

驿　站

大漠腹地，风吹着风奔跑。

黄沙围困干裂的木头栅栏。太阳老眼昏花，躲在黄沙之上修身养性。骨瘦的驿站，匍匐在黄沙脚下，聆听马蹄磕响远天的回声。

风沙雕塑的驿站不言不语。

打马的人背扛风尘，从一个荒凉，往另一个荒凉转移骨血。

使命践踏奔波的速度，一群狼夜以继日和风沙赛跑。时光是裁判，输赢一种表情。

驿站困在寂静里，梦见一匹黑骏马，把漫长的时光和腐烂的沙风，带到远方。

开裂的木头，在轮回的时光碎片里，安身立命。

驿站，在西风中扶正自己的骨头，向马蹄讨要速度。

羊皮书

在别人的血族和姓氏里，一只羊，梦见一株草在白云上舞蹈。那是熟悉的自己和陌生的自己，用文字记录苦难和传奇。

文字和羊皮的结合，像羊群深爱的草原，胸襟和爱，让一株草的骨血，跳动一只羊的脉搏。

一万年太久。青苔密布的文字里，彩虹桥上，一只羊引领一群羊，远离苦难的追逐。身后的草场留给漂泊的星星，放牧困在羊皮书卷里的文字。

羊皮书，一只羊活在时光里，叙述苍凉、远古横亘的繁华。

聆听季风的手臂，朝朝暮暮撕扯天空的衣裙。

而背负时光沉默的羊皮书，活在一只羊的脉络里，等待阳光阅读。

木乃伊

经历苦难或幸福，是一种吉祥的造化。

苦难的苦，是你的底色。幸福的福，是你心底涌动的诱惑。这是你永远活不够的理由。于是，以另一种方式，解读生命绽放的宁静之美。

木乃伊，只是一种称谓。你左右着时光的速度，从额头往胸膛移动。

宁静的静，像一道命题。让活在阳光里的人，为一生一次的死亡日夜奔波。

归宿，没有等次；没有天堂和地狱之分。一个魂灵跟着另一个魂灵，关闭时光之门；关闭曾经的爱与恨的闸门。不问得失和荣辱。

现在，属于你的另一种生命，在现实与梦想的临界，虔诚修行。净土覆盖净土，失灵的咒语，坍塌成风的碎片。

而诵经的人，端坐在烛光里，让时光把脉动的记忆，默默风干。

呈　现

马背上的盐，草的呓语，复活的西风，酒精掐住失去血性者的喉咙。

天空不言不语。一支马鞭抽打另一支马鞭，躺在草地上的风，向一条河流致歉。白毡房绽放在牧歌里，让一群羊依恋了一生，幸福了一生。

雨后的柴火上，阳光学会了最基本的家务活。

一头牛犊，被一群蝴蝶堵截。白云驮着白云，远走他乡。独留蓝天，把蓝色还给赛里木湖。这是六月的喘息，花香扶着一只只沉醉的蜜蜂，向阳光讨要秘方。

醒酒的秘方，其实是一颗心和另一颗心的重合。

河流清洗草场的最后一粒尘埃，远行，驼背上的乡音，缠绵冬不拉里舞蹈的女孩。

远行，走不出一条河的叙述。

马蹄交响

百年前的绝唱，依然回荡在白日子和黑日子的边塞。

成吉思汗甩响的鞭哨里，马蹄叠着马蹄，踩响浩荡天山山脉的松涛。屯垦戍边的令旗下，察哈尔人，以英雄的方队，抒写西迁史诗。

马蹄腾起的风烟，漫过张家口的山山水水，翻越神话的天山雪峰，抵达赛里木湖畔。那些临湖而居的花草，以晶莹的露水，为英雄洗濯旅途的尘埃。

马头琴弦上的阳光和雨水，秀润天山脚下的一草一木。

赞歌漫过酒碗，为一代代察哈尔人庆功。

洁白哈达上的颂词，举过头顶的膜拜，被雄鹰带到天宇。

崇高和高度，一双双注视的眼睛，系着彩虹里漫步的羊群。这是两百多年前的蹁跹。西迁的史诗中，马队在英雄的胸膛奔驰。

而散布在边塞的一曲曲牧歌，依然为鹰翅上的舞蹈，快马加鞭。

大漠不语

大漠如蝉。静谧的隧道里，所有温顺的、咆哮的生命昼出夜伏。

被时光抽干血液，只留下最后一滴血，在平缓的呼吸中，督促日出日落。

背扛行囊的旅人，羊皮水袋里盛不下过多雨打风吹的唐诗。骨骼远离血液润泽。蝉的手掌里，海的底片上，雁阵高飞。没有箭头追逐的旅途中，大雁已经摆开箭阵。

没有什么理由，可以让大雁改变飞翔。

大漠不语。不语的还有两峰掉队的骆驼。它们不言不语，而彼此关照。当西天的云层低过背上的双峰时，高过大漠的植物盛典，终于到来。

这一刻。铺天盖地的骆驼剌欢呼雀跃。

这一刻，大漠停下喘息，守望亘古不变的孤寂；守望蝉一样坦坦荡荡的心境。

这一刻，赶驼的人，已经点燃篝火。天狼星下，蓝色火苗上舞蹈永不停息。

栅　栏

干裂的木头站成方阵。远处的雪山，与近处堆积的柴火对视着。

雪山冷酷无情，而柴火以火的名义，让冬天来得更晚一些。木头栅栏里的羊群相互依偎着，像有说不完的话，叙不完的情。它们在一起交头接耳。

这是在正午，花草被阳光按住头颅。低头，只是暂时的无奈。

六月的风，举着火焰，驱赶聚在明处的羊群。而躺在暗处的我，头枕牧鞭，梦见弯弓射伤的一只鹿，向我讨要丢失在另一个季节的身世。

我知道，它有未断奶的孩子，可我并没有答应让它回去。

醒来后，才发现自己多么卑鄙。

而回过头，栅栏里的羊群彼此依偎着，它们像知己；更像相依为命的家人。

至于那只鹿，我很想回到梦中，还它自由。

红柳在大漠燃烧

这是燃烧的时光。火光来自红柳的血性。

天高路远的大漠，死寂吞噬着阴晴圆缺的季节。没有谁在梦游中，吆喝几声信天游。没有谁从夜晚的指缝里，眺望一只红蚂蚁游走天涯的行程。

醉酒的夕阳，在火焰里搜寻被风吹落的记忆。

燃烧，我的骨骼在深夜咯咯作响。这是红柳的舞蹈。大漠深处，唯有红柳和火焰站在一起，锻造金子一样的时光。红色的红里，我的死亡，为红柳开启的重生之门。

这一刻，我多想站成一面红色的旗帜，在风刮过胸膛时，把曾经的坚韧和执着归还。我知道，这是来自红柳脉络的澎湃，让一峰骆驼回到梦境的草原。

有时，面对燃烧的红柳，我的双脚火苗蹿动。我的手臂挥西风，此时，很想说抱歉。

在大漠，看见红柳已足矣。

而铺天盖地燃烧的火焰让大漠措手不及。

我吆喝夕阳，为前仆后继的火焰让路。

塞外月光

夜，比黑骏马更黑。

风声驱赶着沙尘，从塞外往塞外迁徙。一峰驼走累了，与狂妄的沙尘对峙。

月牙斜挂在比天更远的远天。为食物奔走的狼群，追寻猎物的足印，从来不知疲倦。

这是在塞外，空寂的夜幕下，数不清的植物，集体出行。数不清的动物，远走他乡。

单薄的月光，承载厚重而交错的足印，不言不语。一只猫头鹰叫醒另一只猫头鹰。准确地讲，叫醒的是数不清的亡命天涯的猎物。

在塞外，夜空是月光的归宿。

像赶驼的商队，无论苦难还是辉煌，与驼峰荣辱与共。

而月光，在寂静复制寂静的塞外，那佛光一样的灯盏，清冷而神秘。

看见一只红蚂蚁

一路戈壁石，阻拦西行的脚步。

呼吸急促，沙风刮过胸膛后，骨骼隐隐作痛。向前再向前，步伐在速度中东倒西歪。

越过一个地平线，有更多地平线横亘前方。到处堆积着火焰的化身，到处都是风干的时光之壳。裸露的石头，枯死的植物，动物的骨头随处可见。

河流逃离河床，阳光患了抑郁症。

时光的最低处，一只红蚂蚁打破沉寂。我看见它匆匆的步伐，像商人、像猎人、像出访的学者，更像失去亲人的孤儿。

其实，它什么都不像。

它像复活的时光。在死寂的大漠寻找上辈子丢失的天性与率真。

看见一只红蚂蚁，看见万物轮回的写真。

骆驼在沙漠舞蹈

一只骆驼在沙漠舞蹈，一群骆驼跟着舞蹈。

其实，骆驼天生就是舞者。每一节骨骼，都是舞蹈的造型。

在沙漠，骆驼除了舞蹈还能做什么。它们在食物与气候面前，宠辱不惊。它们的舞蹈与生存无关；与爱情无关；与水草无关；与风风雨雨无关。

它们活在舞蹈里。它们就是天之骄子，地之宠儿。身后的水草、舞台、艺术、爱情、荣誉等等，离它们那么近，又那么遥远。

不需要掌声，不需要门票，不需要包装与彩排。

天生的舞者，让苍茫的沙漠，生机盎然。

舞者，当以船的名义起航时，润物细无声的诗句，覆盖住心灵的苍凉。

笛之歌

驼群远远而去了。

赶驼的人，鹰一样的姿态挥臂成翅。笛韵悠远，心如白云，飘荡寂静的高地。

这是谁的歌声漫过哲学的西部？连绵的山脉驮着松涛荡气回肠。白云搀扶雁语，季风穿越天籁，奏响游牧谣曲。

是谁寄情天山怀抱？与雪莲花相伴而生。

又是谁的十指，回荡花草的芳香？

燕戏蝶舞，让千花万草，为一次轰轰烈烈的逢春，争相联欢。

歌声叠着歌声，舞步踩着舞步，这充盈吉祥的大千世界里，孤独去向何方？厄难的侵蚀，已成心灵久远的文字。

啊，这是来自一支笛的心语。

缅怀的日子里，音符化作甘甜的雨滴，潇潇洒洒于人间。

从此，牧人的视野又多了一位多梦且多歌的白衣女子。天色，抖擞蓝色的高远。

雪山很近

在新疆，雪山的距离那么近。

近得可以聆听到彼此的呼吸；近得可以看见彼此心灵的颜色。

这是新疆的景致，头顶舒展的云，驮着彼此的身世，往雪山的身后集结。

我知道，我已经和雪山融在一起。甚至在多年以前，我已经是雪山的一部分。用洁净和旷达的视线，打量消失后而又回归的时光。

在新疆，雪山很近。

心和心很近。近得聆听到雪莲花的心跳。近得可以拥有千年前错过的爱情。

守望与景仰，以雪山的名义，留下永恒的素朴与情意。留下本真与血性。

大漠雪

无须邀请，成千上万的大漠雪，带着激情和爱情，往同一个方向集结。

这个近似壮观的时刻，没有一丝儿风。大漠坦荡广袤的胸膛，任凭天使一样的雪，完成各自浪漫的使命。独行在大漠雪絮里，我是另外一个约会者，双手捧着时光的邀请函，往爱情最近的地域行进。

在雪絮里，我几乎匍匐在大漠上，任凭雪花覆盖。

我继续赴约的行程。道路很远也很近。其实，在空阔的大漠上，我并不知道自己的目的。在雪絮里，我像一个宠儿，被一群又一群雪仙子簇拥着，忘记归路。

我手捧时光的请柬，和大漠雪相遇。身后的艰辛和忧愁，已经不重要。

我不是快乐的使者，我能感知快乐的方向，已离大漠很近；离大漠雪很近。

身处雪絮里，我看见空寂的大漠变得楚楚动人；变得多情起来。

在大漠里，我不需要墓碑。不需要凄凉、沧桑和沉重的碑文。不需要赞美、激情和空洞的文字。我不需要标榜什么，不需要留住什么。

这近似浪漫的大漠雪，是我今生最奢侈的修行。

河西走廊以西

邈远，死寂，沙尘，荒漠。

河西走廊以西呈现的苍凉，这曾经让多少商旅和流浪者步履艰辛、身心憔悴的地域，已随着大开发浩荡的节奏，一去不返。

驼铃撞击远古的回声里，风暴横扫大漠的厄难，那么遥远。

铁轨穿流大漠的抒情，朝朝暮暮上演。柏油路纵横的风流，从未停下。

绿色铺展的版图上，绿洲弹奏的交响乐，让一只鹰的疆域抖擞时光的盛典。

智慧、创造、巨变、奇迹，已全方位覆盖住散文诗一样隽永的河西走廊以西。

曾经的苍凉，新曲鸣奏。舞姿代言的河西走廊以西，已成为人间天堂。

胡杨在深夜低诉

时光走近胡杨林时，停下脚步。

千年弥漫的风尘，依然在茎叶里穿行。为了一次生命大检阅，一棵胡杨带领无数胡杨，站成不惧风雨的勇士。这是血洒苍茫岁月的宿命；这是一次以生命名义的英雄集结。

清点自己所有的骨节，在夜色降临前交给胡杨。

已经等得太久了，我抖落满身风尘的瞬间，听到胡杨在深夜低诉。只要生命里有胡杨的根，我可以听懂，父亲一样的嘱托。母亲一样的叮咛。

已经等待太久了。久得骨头被时光刻上胡杨的年轮。

这是我一生最荣光的部分，也是我生命最有分量的标记。

每个夜晚，匍匐在时光的最低处，聆听胡杨在深夜的低诉。

我的骨血被岁月风干，而灵魂，在时光的最高处，像胡杨一样挺立。

兄弟一样的向日葵放歌大漠

兄弟一样的向日葵，白天是撑起的伞，夜晚是一盏明亮的灯。

兄弟一样的向日葵，任劳任怨。一春一秋如期与土地相约。艺术的造型，让空阔的大漠歌舞升平。素朴的兄弟，满面春风演绎五谷滋养万物的风华。

这是我挺胸抬头的兄弟；这是我心灵弥漫阳光的兄弟。

在三月、五月或十月的风哨里，兄弟一样的向日葵，用流动的脉络，给大漠输血。给大漠披上绿装。歌声里，兄弟一样的向日葵，是这个世界上最动人的抒情。

放歌大漠的向日葵哟，我的一个个素朴的兄弟，血管里涌动的农事旋律，已在大漠演绎欣欣向荣的交响。

在大漠，我是向日葵的兄弟。

骨子里的刚毅和率真，让昏睡的大漠，梦见天堂飞过的鸟群和金灿灿的果实。

夕阳西下

红色的大瓷盘，夕阳的余晖仍然拥着广袤的大漠，依依不舍。

红色瓷盘上，我敞开怀抱，鸟儿依次归巢。

情侣一样的雨季，浪漫的血色，布满一只马蹄窝的黄昏。

我守着一地血色，等待新的日出。

草地不言不语，横亘的天山山脉，是我挺起的脊梁。

松涛滑翔鹰翅上，往夜的边缘楔入。

放下一生的羊鞭，我看见夕阳的骨血，被夜幕吞噬着，散落西天。

我捡起羊鞭，浑身的脉络风声骤起。

这是逃往远方的夜风，吹着夕阳留下的碎片，吹过我千年不醒的梦境。

乌鲁木齐

楼房节节拔高，一个往高处攀越的城市。

车流涌动的噪声里，一条街道比另一条街道更加拥挤。

现在，羊群不在城市，羊的灵性不在城市。行走城市的人群，远远看去，步调一致。

我惊叹那么多人丢了东西，低头寻找。走近后才发现，他们低着头，并不是寻找丢失的东西，而是专注地刷屏，忘我地刷屏。

其实，他们真的丢了一些东西。这些东西很重要，任何东西都难以替代。

乌鲁木齐，我脉络里纵横的无垠草原，羊群已经远去，留下腐朽的羊鞭，在不朽的西陲大地吆喝空远的信天游。

乌鲁木齐，地球上阳光的一个逗号，或一个顿号。

在我看来，她像一片飞翔的叶子，从二道桥飘向天山的脉络。

盐碱滩比盐更咸

空阔，一万年的时光，装不下一寸坚硬的碱土。装不下一只鸟苍凉的飞翔。

飞翔，很标准的时光赞词。驮起时空最坚硬与最脆弱的部分。赞词，温度与速度叠加，一只鸟与一缕风的融合。

盐碱滩比盐更咸，比盐更咸的还有一堆裸露阳光下的驼骨。

驼骨，几乎背负一万年或十万年的时光交响。不需要墓碑，盐碱滩是最好的墓碑。

阳光、西风、植物、一粒沙，最好的墓碑。除此之外，白色延续。

盐碱滩比盐更咸，比一只蚂蚁的血液更咸。比一只鹰的骨头更咸。

而我，属于盐分最浓的部分。沉淀了多少时光，漂泊了多少时光，没有记录。

哈密以西

哈密以西，是黄沙的故乡，是植物的伊甸园。

有时，一粒沙子的行程，比一只蚂蚁的生存更加艰辛。

漂泊流离，比远方更远的润物，等待一株芨芨草随时造访。

这是心跳的一部分。哈密以西，我丢弃千年万年的爱与恨，被黄沙一层层埋葬，又被西风一层层剥开。驮在鹰翅上，浪迹天涯。

哈密以西，一千里或三千里纵横的版图，一粒黄沙那么渺小。一粒黄沙又那么高远。

像天山雪莲擎起的灯盏。明处是冰雪的微笑，暗处是一只蚂蚁的王宫。

风吹着风寻觅风的影子

比如一只野兔，它的毛发被风吹成荒乱的野草。

倒伏，骨头贴着地壳，听心跳的节奏。

这是风的影子。只有风吹着风，影子，才那么真实。影子，才有血有肉。

没有记录，没有痕迹，一只野兔完成了属于野兔的涅槃。

它艺术的轮回，或诗意的圆寂，像佛经典的修行。

风吹着风，寻觅风的影子；风吹着风，寻觅一只鹰埋葬的羽毛。

一万羽毛修行了一万年，也走不出风的影子。

河流已远

河流已经走远，走远的还有河床的记忆。

生命，动词里燃烧的骨头上，一群接一群的羊，走过三月的风沙；走过五月的草根；走过八月沙枣树的脉络时，已远的河流，在一峰骆驼的基因里留下记号。

滋润，遥远的记忆，在一颗鹅卵石上呈现冷暖的春秋。

经卷更空阔的远行，让西风疲于奔命。

河流已远，远去的还有目光深处的云杉林。离水很近，离河很远。

远处的河床，枕着沉寂，听时光颂吟。

吐鲁番风语

长方形走廊，从东到西，贯穿戈壁、沙漠、荒原、空寂的心脏。

一滴雨水里复苏的风语，在吐鲁番的黑日子白日子行色匆匆。绿洲很近，近得让一滴水忘记行程；近得让一只蝴蝶梦见沙枣花飞翔。

而远去的云朵，在吐鲁番的底色里，涂染雁阵的影子。

灰色或黑色的影子，高处的飞翔比低处的奔跑更加漫长。

吐鲁番，在风语中放浪形骸。风语，枯萎过、复苏过、公开过、隐藏过。在长方形走廊，寻找自己，放弃自己。

风语，属于吐鲁番的植物宫殿，不放弃，不改初衷。

鹅卵石不语

鹅卵石不语。还有不语的雪峰，在天山沉默了十万年，或更久远的时光，从未背井离乡。

一只手紧握另一只手，温度，是叙述的一部分。

而另一部分，在风花雪月的梦境游离。梦境的风景、色彩、语言，是那么清晰，又是那么模糊。鹅卵石不语。不语的还有植物的脉络、奔腾的河流。

春天的一滴露水，或秋天的一条河流，以水的名义，远走他乡。

留下鹅卵石，无限沉寂。

不语，有时是一种品质。一种让一只鹰奢望了一生，梦幻了一生的品质。

不语的鹅卵石，在经卷里，轮回成另一种鹅卵石。

在大漠聆听远古的回声

在大漠，聆听远古的回声。听一个人的沉静与天崩地裂。

彩排一样的时空穿越，那么真实。这是大漠蒙太奇式的抒情。

一位仙子与一位羊倌的奇遇；一群羊与一片草地的邂逅。

让铁打的阳光走不出一条彩虹的颂辞。

在大漠聆听远古的回声，在大漠聆听从前的自己与现在的自己骨头燃烧的声音。

灵与肉的碰撞，回声像刀子切割漂泊的云霞，切割一场预谋已久风沙的去向。

在大漠聆听远古的回声，聆听一只鹰路过尘世的呼吸。

大漠听风

只要雪莲花醒着，大漠风就不会停下来。

这是我的坦途。

在大漠风里，横亘的沙漠，坍塌的寺庙，风干的羊皮酒袋、残缺的经卷无人问津。

风呵斥着风，向废弃的栅栏问路。

在大漠，腐朽的风尘与新生的风尘交织。

佛门弟子丢失的指纹、信仰、意念，在沙海忽隐忽现。

修行，路漫漫。修成正果的往往是数不胜数的黄沙。

大漠风的回声里，高处的罪与罚，赞与咒，荣与辱，生与死，已成云烟。

听风，听大漠在风沙中的喘息。

第二辑

风吟草原

◎一只只羊，是我散文诗里的一个个文字。它们趁我眨眼的瞬息，留下我，往一支牧歌集结。羊群一样温顺的文字，或文字一样生动的羊群，让我一次次抚着衰败和葳蕤的草木，热泪盈眶。

月色草原

被马头琴绑架的人，永远走不出月色草原。

马奶酒灌醉的异乡人，匍匐在草地上，用马蹄腾起的草屑洗濯旅途带来的落尘。

白骏马奔驰在月色里，它飘扬的鬃毛和月光融为一体，和奶茶一样甘甜的夜露融为一体。这是我的白骏马，我心灵深处的一支牧歌，悠扬而温暖。

月色草原，花儿披着彩装，整个夜晚舞蹈，整夜整夜为一条河流注目。

金子般的月夜，羊群依偎草原怀抱入眠。白骏马在白骏马的梦境，梦见夜风吹乱的鬃毛飘在夜空中，玉兔在鬃毛上欢舞。

月色草原，低处的花草和高处的星辰连成一片。

高处的草原和低处的草原，分不清是花草放牧星辰，还是星辰放牧花草。

月色草原，我被马头琴绑架，与所有的花草站在一起，为草原守夜。

相遇老鹤草

相遇老鹤草，纯属萍水相逢。

曾经的飞翔，被天宇收藏。老鹤太累了，它停下来歇息。在赛里木湖畔大草原上，老鹤以草的名义，站成绽放的精灵。

在紫色花瓣上，我看见，老鹤草收拢翅膀，守着一望无际的草原，兴奋不已。

我看见，风声中的老鹤草高昂头颅，引领数不清的花朵欢呼雀跃。

这是老鹤草的秉性。

紫色花丛中，老鹤草已经走过了千年万年。

它飞累了，只想歇息。

也许某一天，它仍然会飞翔。让整个草原，成为歌舞的天堂。

一只羊领着一群羊行走在草原上

一只羊，领着一群羊，在草原上行走。

草在脚下，它们一直朝前走。不远处，一条舞蹈的河流，从草原胸膛穿过。穿过羊群的目光，抵达羊群的心脏。

一只羊领着一群羊行走在草原上，像一位母亲领着一群孩子行走在爱的乐园。含辛茹苦，却那么幸福。这是一位母亲的内心写照，也是所有母亲内心的特写。

一只羊，是头羊。是父亲或母亲。

一群羊，是一个家的全部。逐水草而居。

它们行走在草原上，行走在自己的家园。心如止水，和美天趣。

一只羊领着一群羊行走在草原上，我看见父亲或母亲领着自己的孩子，走向阳光。

阳光轻抚马背上的草场

雁哨还没有完全荡开，阳光翻过天山，一缕一缕轻抚马背上的草场。

这是六月的米尔其克大草原。千花万草，在辽阔的马背上，举行新闻发布会。该葱郁的草木，依次葱郁。该绽放的花蕊，继续撰写五彩斑斓。

谁也没有异议，包括集结草原的羊群、马群、牛群和驼队；包括一缕缕阳光。

我行吟在马背上，已经走过千年的时光，成为一株株花草的魂灵。在马背上，终年不化的冰雪，早已逃到天山。剩下爱情一样的阳光，让花草轻歌曼舞。

每一株花草都是一位新娘。

而新郎呢？天山鹰一边叩问自己，一边无法回答自己。天空空如也，像一张婚床。

这是六月的节气，怀春的心跳，被风簇拥着，浪漫十足。

辽阔的马背啊，一缕一缕阳光轻抚悠扬的牧歌。

马蹄踩碎的时光碎片上，让一匹马奔波了一生，幸福了一生。

游牧图

寒冬渐近。刺骨的西风吹斜牧人跋涉的身影。

远去的青草和近处的寒意，让马背变得拥挤不堪。从一个草场，往另一个草场迁徙的过程，是把荒芜的词汇与妖娆的词汇更替。

我看见辽阔的草场上，牧人被羊群引领着，往驼群远去的方向移动。

那一只只羊，是我散文诗里的一个个文字。它们趁我眨眼的瞬息，留下我，往一支牧歌集结。羊群一样温顺的文字，或文字一样生动的羊群，让我抚着一株衰败的荒草，热泪盈眶。

感动和爱，从来不会改变。

就像青草和羊群，它们既是草的一部分，又是羊群的一部分。

蜿蜒的牧道上，我看见牧人们以头羊的名义，逐水草沐春风，让我的散文诗春意盎然，草肥水美。蓝天白云下，我是另一只头羊。

笔下的草场，足以让一只只羊或一群群羊，渡过难关。

游牧，是生命体验生命的图腾。油画一样，让季节浓淡相宜。

马背长调

鹰翅上的骑手，是上苍放逐的哲人。

起伏的胸膛上，马头琴那样动人心魄。马奶酒滋养的歌喉，放飞悠悠长调。

传说与传奇，草原上生长的英雄，草叶一样朴素。

马蹄撞击时光的速度，雨水里提炼阳光的身影，是长调里纵横的骑手。

孩子一样的花草，在长调里天真烂漫。在长调里，我是草原的一株草。我又是草原的一只羊。用长调喂养白日子与黑日子。

这是马背民族的蹁跹。

游牧在蓝天白云下，在翅膀上搭建栅栏。吉祥的羊群，咀嚼吉祥，享恩天趣。

而赶马的骑手，一生一世行走在长调里，一代一代在长调里轮回。

风吹过草原

五月，金子般的阳光，在阿尔夏提抖擞花裙子。

牛羊清点每一株草，天高云淡。风吹过草原时，被草原堵截，没有去路。一条河叛逆草原，逃了一辈子，还是没有逃出草原的心脏。

土著的草原敞开怀抱，无论观光客一样的风，或流浪的河流，都是草原上的一部分。

比如出逃的河流，去向何方。草原的基因，养活了数不清的生灵。

比如吹过草原的风，狂傲、骄横、冷漠、放肆的个性，当蔓延草原时，改变秉性。

像朴实的羊群；像灵动的花草；像炊烟升腾的牧歌；像一段温馨的记忆。

风吹过草原，风吹着自己的身世，寻找安身立命的伊甸园。

放牧天山

云重叠着。像万年一次的邂逅。在西风吹绿天山的季节，相互簇拥，散尽天边。

我赶着羊群，放牧天山。这是五月的西部，天山冰雪像四季的灯盏。羊群追逐着，天使一样的牧草，铺满整个天山山脉。

这散发远古胡琴韵味的牧草，夹杂雪莲花的馨香，萦绕天山的臂弯。让我握着牧鞭向心仪已久的牧场迁徙。精神的伊甸园，我梦境的天山，在四季的雪莲花瓣上延伸。

这一刻，我注定成为一个幸福的牧人。

面对天山，每天用冬不拉与雄鹰对话。那些灵性的鹰，那些思想的鹰，因我的到来，因羊群的到来，一次次降低高度。双翅轻抚过的天山腹地，一茬茬青草抒发牧歌韵律。

碧空万里，草长莺飞。这是属于羊群轻歌曼舞的季节。

我跟随牧鞭放牧天山。无论季节多么丰盛或枯瘦，羊群与草原从不负约期。

我敞开绵延胸膛的天山，在一支牧鞭上，看见自己背负生命的颜色。

马背上的草原

套马绳甩响的哨韵，擦拭天的蓝，轻抚草的绿，提炼花的芳香。

数不清的彩蝴蝶，让感性十足的季节，五彩缤纷。

马背上的草原，是这个季节最迷人的歌谣。鸟鸣织成天宇，马蹄踩碎的云朵，铺展一望无际的绿毯子。花香如潮，簇拥琴弦上缠绵的情语。

唯有蔚蓝天宇空阔着，像准备一次隆重的约会。

比如爱情，花草一样生生不息的爱情，是马背草原最丰富的动词。

马蹄扬起的草屑里，我嗅到岁月散发的馨香。

心境旷远，歌声飘过的四季。

我看见，一朵忍冬花，以七彩斑斓的名义，装点马背草原。

牧 道

行走的风景，行走的生机，横亘牛羊的天堂。

一条牧道，是一支华彩的谣曲。冬去春来，不负约期，风情万种。

对于牧人，脉络一样的牧道，是延伸的梦。马奶酒弥漫的旅途，马头琴弦舒展岁月的光华。脚印与蹄印交织的诗意里，我是最贫瘠的符号，也是最虔诚的词语。

驼峰耸起的高度，擎起牧歌脉动的辽阔。

心灵吹过的季风，带走季节的苍凉和忧伤。

带来梦的真实；带来心灵的愉悦；带来蓝莹莹的天宇；带来绿茵茵的大草原。

诗意的牧道，喂养精美绝伦的诗句。

牧歌里的毡房

露水打湿的牧歌里，白云般的羊群寻找青草的乐园。

这是不离不弃的追寻。羊群的乐园里，我是青草的一员。头顶蓝天，牧歌里的毡房，是太阳与月亮疗伤的摇篮。

临摹炊烟的举止，羊脂灯盏照亮流星擦亮的夙愿。

独居牧歌呈现的毡房，拥有的草原纵横手掌上，成为雄鹰的滑板。头枕牧鞭，在牧歌里入睡，听不到羊羔唤母，不会醒来。

毡房空阔，多彩的四季以不同的姿态，依次走进心灵。

羊群漫步草尖，一种温情，让带露的花草感动不已。在牧歌里行走，在牧歌里采撷风雨或阳光，都是一种磨炼与享受。

而空阔的毡房，等待牧人，在雨水打湿的马背上，依次回归。

鹰飞过草原

翅膀切割冷暖的岁月；切割阴暗的天空。

一只鹰飞过草原，永远不知疲惫。

一只鹰飞过草原，是太阳的另一种炫。

高度，是一种荣耀；也是一种孤独。高处不胜寒。

展翅，展开一个晴朗的乾坤。展翅，风雪停止。

一只鹰飞过草原，不留痕迹。让雪山多了几分灵气。

而草原，鹰翅上的大草原，是天堂的腹地。

鹰飞过草原，草原云淡风轻。

坐在赛里木湖畔听花开的节奏

　　这不是梦境，三月的云飘在牧歌里，遍地牛羊，像冬不拉弹奏的旋律。

　　春天高举如水的音乐，在赛里木湖荡漾。

　　这不是梦境。空中的草原，在云彩里复苏。山顶上的湖水，在蓝色里舞蹈。这是三月的景致，这是春天敞开的怀抱。我临摹牛羊的一举一动，吆喝花朵，演绎春天的诗篇。

　　天蓝云远，风轻山秀。我坐在赛里木湖畔听花开的节奏，我坐在赛里木湖畔，听湖水与湖水爱的呓语。

　　这是一个恋爱的季节；这是一个把心灵埋藏的爱意倾诉给对方的季节。

　　我放下牧鞭，重新弹起冬不拉。数不清的蝴蝶，像飞翔的花瓣。

　　这一刻，春天已回到赛里木湖畔。

　　我看见，漫不经心的牛羊咀嚼春天的芬芳，从草尖走向草尖。

　　这不是梦境。坐在赛里木湖畔听花开的节奏，听人类与自然互爱的心跳。

白毡房在绿草地上绽放

炉火正旺，奶茶飘香。白色的毡房，在绿色的草地上绽放。

这是我的白毡房，傍溪的白毡房，以白色花蕊的名义，悄无声息绽放。

在永不停息的绽放中，日子更有滋味。我蹲在炉火旁，把一节木头添进炉膛后，整个草原，在春天绚烂起来。

我活在炉火的绚烂里，活得像一只头羊，领衔草原荣光，从一首牧歌往另一首牧歌行进。

其实，我就是一只标准的头羊。

朝朝暮暮引领羊群，走向草肥水美。身后的牧歌，是草原生生不息的魂灵。

傍水的白色毡房，在绿草地上绽放成永不凋零的花朵。绽放一只羊对草原的深深眷恋。

跟着羊群寻找舞蹈的河流

天的尽头，时光与云霞堆在一起，等待迟来的夜风检阅。

我的脚下没有绿草红花。或任一种呼吸的植物。只有被天空烧红的云，影子一样走过空寂的西部大漠。天的尽头，所有的鸟都飞走了。

所有的鸟没有留下任何东西。包括鸣声或飞翔的高度，包括它们搭建的巢或遗失的羽毛。我两手空空，面对空茫的天地，跟着羊群寻找舞蹈的河流。寻找曾经的记忆与遥远的梦。寻找春天的气息和秋天的表情。

跟着羊群行走，我才发现所有的黑日子和白日子没有白活。

跟着羊群行走，我的脉络汹涌成血性的河流。

那些走失的鸟儿开始回归。那些隐藏的花草又回到久违的家园。

放歌的人活在歌声里，活得和羊群一样率真。

相遇鹿蹄花

那群鹿迁徙到远方，留下来不及带走的蹄印，绽放成芳香扑鼻的鹿蹄花，在草原延续鹿群的血性。

承载过鹿群荣辱的草原，是我栖身的地方。我背着马头琴、羊皮酒囊和属于我的时光，与一朵朵鹿蹄花相遇。

容颜未改，记忆里的微笑依旧。在千年前或更加遥远的时光里，我写好的情歌和情书，遗失在一场毫无防备的风沙里。马头琴，像无家可归的旋律。

我痛饮羊皮酒囊里的酒，用体温和酒气吓唬风暴。在夜的黑里，被马头琴搀扶着回到久违的草原。现在，心灵依偎着草，在花蕊里喊彼此爱人的名字。

我在马头琴弦上，看见一朵鹿蹄花向我微笑。看见一群鹿活得自由自在，活得无忧无虑。

在马头琴弦上，我会告诉那朵鹿蹄花，关于那群鹿的近况。

我知道，听到鹿群的讯息后，一朵鹿蹄花在一望无际的草原上幸福地微笑。

我还知道，无数鹿蹄花，也跟着微笑。

红骏马

那场暴风雪过后，红骏马倒在雪原上，像火焰燃烧着，给草原带来暖意。

这是红骏马留下的生命赞词。

站在寂静的雪域上，面对雪窝里的红骏马，我欲哭无声，泪流满面。

我知道，红骏马倒下的瞬间，我脆弱的生命，在马背上变得坚韧无比。在马背上，我看见红骏马驰骋而起的身影，光芒四射。

红骏马倒下了，它不言不语。在雪地上默默无闻地燃烧。

我看见，它燃烧的鬃毛和骨头，在无垠的雪域演绎千古绝唱。

我看见，红骏马在火焰里扬蹄。马蹄腾起的火光，烧红新疆寒冬的夜空。

点燃牧歌

天山脚下，夜色和荒草纠缠在一起。我点燃最后一支牧歌后，逃出心跳，又走进心跳。

光芒来自天狼星的图腾。像一匹驮着阳光的白骏马，驰过我的第一次心跳。远处的风开始启程，露水打湿的风向中，各种鸟鸣从夜空依次滑过。

我扶正第二次心跳，在风声漫过起伏的胸膛之前，点燃牧歌；点燃隐藏光芒的命脉。黑夜的黑，一点点渗透草毯，带走我来不及清洗的河流。

脉络里的河流，是我最后的牧歌。河一样流淌的牧歌，一只鹰的守望，已经过去了一千年、一万年，或更加久远。我手握的羊鞭草屑飞扬。雨水打湿的马背上，羊群为了最后一株草叶，夜不归宿。让我守着空空的栅栏，彻夜难眠。

在牧歌的低处，我看见空寂的远山在夜的高处沉默。像无家可归的羊群。

整个夜晚，我点燃的牧歌，以火焰的名义，燃烧骨头纵横的苍茫。

和一支牧鞭对话

走得太累时，一支牧鞭，是生命的支撑。

行走草原上，空阔的大草原永远走不到尽头。一生行走，当走成草的秉性时，一个季节的歌谣，在铺满青草的胸膛上，起起伏伏。

一支经历沧桑与荣光的牧鞭，满身的风尘，抖擞一望无际的草叶。

一支牧鞭走过一条条牧道，我看见，彩虹一样绚丽的草原，埋葬羊群的痛苦与忧伤。

一支如约而至的牧鞭，甩响四季的谣曲。我的等待，在天高路远的大西北，草绿花红。

这生生世世跳动的脉搏，风雨过后，霜雪降临。

季节更替中，一支牧鞭扶着嫩绿的生命，走过枯黄的季节。

母性草原

像敞开的怀抱，母性的草原鸟雀飞舞。温暖的部分，被草茎高高擎起。

离天最近的部分，是我安身立命的家园，是默默不语的羊群。

这片草原，这片母性护佑的草原，是我一只鹰的伊甸园。天高云淡的每一个日子，我被羊群牵引着，从草根走向草尖。阳光涂染的绿色，裸露在离荒原最远的胸膛。

我的胸膛上，过路的云朵、风声和雁阵，留下岁月的印痕和谣曲，往远方迁徙。

母性草原，一生的牧鞭，只抽打肆无忌惮的风沙。

而羊群是季节的宠儿，是岁月留下的草原之魂。

当朝朝暮暮弥漫草香时，母性草原铺展的爱，让羊群梦见天堂。

天堂草原

　　草香弥漫的疆域，飞累的鸟儿歇下翅膀，在绸缎般的草甸上闲庭信步。

　　一种惬意驮着另一种吉祥的谣曲，朝向远方抒情。

　　站在草原尽头的女子是谁？撩开晨曦般的轻纱，目光触摸的身影，似曾相识。

　　多少年过去了，天堂草原的气息犹存。蓝天白云装点的自然景致依旧。马背上飘逸的牧歌旋律，人领着一群羊回到故乡。

　　冬不拉点燃干裂的柴火，蓝色的火焰是天堂草原生生不息的音符。

　　只有雪山默然不语。像匍匐草甸上的月光。这沉醉草原的柔情，让一只鹰记住幸福。

　　只要敞开心扉，就能抵达幸福伊甸园的草原天堂，多少骑手忘记归路，在马蹄韵里聆听草原的心跳。

　　天堂草原，心灵的家园，让鹰翅驮起的牧歌，如梦如幻。

松 涛

已经很久了，驻守天山山脉的兄弟啊，夜夜歌声浩荡。

松涛里奔跑的云彩，雨水远走他乡。只有夜宿岩石上的鹰，成为标准的舞者。

真的很久了，那些直指天宇的品格，让我在物欲世界里，一天比一天消瘦。

我的兄弟哟，在荣与辱的夹缝里，我听到心跳撞击天宇的声音，漫过不言不语的雪峰，向终年不散的云雾，讨要门票。只要走进去，就是松涛的一部分，就是挺胸抬头的歌者。

千年的彩排，或更加久远。

我站在松涛里，享誉荣光。我隐居松涛里，成为时光雕塑的时光化身。

松涛阵阵，天山之上，我听见骨头敲击骨头的回声。

月色草原

被马头琴绑架的人，永远走不出月色草原。

马奶酒灌醉的异乡人，匍匐在草地上，用马蹄腾起的草屑洗礼旅途带来的落尘。

白骏马奔驰在月色里，它飘扬的鬃毛和月光融为一体，和奶茶一样甘甜的夜露融为一体。这是我的白骏马，我心灵深处的一支牧歌，悠扬而温暖。

月色草原，花儿披着彩装，整个夜晚舞蹈，整夜整夜为一条河流注目。

金子般的月夜，羊群依偎草原怀抱入眠。白骏马在白骏马的梦境，梦见夜风吹乱的鬃毛飘在夜空中，玉兔在鬃毛上欢舞。

月色草原，低处的花草和高处的星辰连成一片。

高处的草原和低处的草原，分不清是花草放牧星辰，还是星辰放牧花草。

月色草原，我被马头琴绑架，与所有的花草站在一起，为草原守夜。

第三辑

河流舞蹈

◎云天幽远。近了的是草原上空飞累的鹰。它铁钩般的利爪，勾画着一个个接近草肥水美的符号。双翅上的阳光，已从千年草木里汲取禅意和芬芳，馈赠润物无声的版图。

博尔塔拉河，金子一样叙述

博尔塔拉河，金子一样叙述。

我的孩子，在火焰上写诗的孩子，那么安静。静得可以听见一只蚂蚁的呼吸。

博尔塔拉河，金子一样叙述。我的孩子，在阳光的正面，心跳，高过植物的生长。

博尔塔拉河，贴着泥土行走的智者、仁者，用一条河点燃河西走廊的脉络。

我的孩子，离一只鹰的翅膀那么远，离一株麦子的心脏那么近。

博尔塔拉河，金子一样叙述。母亲的目光，那么慈祥。

不朽的红柳

夕阳那么远，与红柳没有关系。

红柳知道，也许红柳不知道。不朽，只是一种记忆，不是现实。

不朽，有时很具体。像一位饱经沧桑的长者，知道成长的整个过程。

不朽的红柳，站在荒原，站在空远的地平线上，时光那么漫长。

漫长，让一只野兔轮回成一株草。让一朵花轮回成一只蝴蝶。

不朽，有时很抽象。却有温度，有心跳。

不朽的红柳，不灭的灯盏。点亮一峰骆驼的诺亚方舟。

一只鹰在草尖上修行

黑骏马的草原，一只鹰在草尖上修行。

草原空阔，河流远走他乡，羊群迁徙，牧鞭不言不语。

只有雁阵用箭头瞄准漫漫征途。从不回头。

一只鹰在草尖上修行。

在草尖上，羊群留下的风尘、记忆、温度，让一只鹰为一只野兔忏悔、祈祷。

这是黑骏马的草原，这是一株草的天涯。

一只鹰，双翅驮起马奶酒灌醉的大美新疆，在草尖上安身立命。

最后一只羊走过草原

寒雪覆盖的草原上，万籁俱寂。

最后一只羊走过草原。一只羊的家园呈现在驼背上，云淡风轻。

一只羊走过自己族的陵园。走过一朵云千年、万年来不及带着的故乡。

而此刻，寒风裹挟着一株云杉，从雪的咒语走向雪的赞词。

冷峻比热情，更加让一只羊的记忆犹新。一株草的昨天，是一只羊的今天。

只好陪着雪，等待一个芽苞从蓝天的梦境醒来。

最后一只羊走过草原，走过一只鹰废弃的王宫。

舞蹈的河流

这横穿草原腹地的河流，奶香浸润的草族，举着阳光的歌词旅行。

梦醒来的地方，舞蹈的河流，是血液澎湃的脉络。

云天幽远。近了的是草原上空飞累的鹰。它铁钩般的利爪，勾画着一个个接近草肥水美的符号。双翅上的阳光，已从千年草木里汲取禅意和芬芳，馈赠润物无声的版图。

优雅之韵，伴着灵动的身姿。艺术的河流，背负太多荣光和沧桑。

像牧人甩响的鞭子，抽打出枯树吐叶、荒漠绿茵的奇异景象。

舞蹈的河流哟！绸缎般的肌肤，抖擞行吟牧歌腹地牛羊的风姿。牧羊人的河流，肌体演绎的传奇，像鲜活的标本。从岁月之躯，流向岁月之魂。从历史的脉络，流向历史的骨骼。

舞蹈，当从河流开始时，横亘的荒漠，记录绿洲走过的足印。

雪一瓣一瓣落下

这个坦荡的世界，这个隐藏的世界，一些东西必须撕碎后，才会变得无比纯净。

比如雪，在撕碎的碎片里，重组纯净、纯洁、纯美、纯粹的基因。从一个天堂往另一个天堂集结。我看见，名叫雪的灵物，死亡后重生的坦荡。

这一刻，让我突然想起烽烟战火中冲锋的英雄。没有什么可以阻拦住英雄前进的步伐。没有什么比诞生，更加风花雪月。

空蒙的时光里，一种清淡的芳香，穿越千年堆积的尘埃，铺满这个寒冷的世界；也铺满艳阳高照的世界。清淡的芳香里，鸟群飞过，留下鸣声，惊醒一地一地的草木，向姹紫嫣红申请密码。我听见，载歌载舞的节拍，在拍打着这个世界最脆弱的部位。

歌声可以治疗哮喘。而舞蹈，让关节炎逃之夭夭。

这热血沸腾的节拍，让一朵朵雪花和一群群雪莲花，成为这个世界的宠儿。

让一瓣一瓣修行的雪花，成为我心里圣洁的天使。

天山月

内秀，古典，这是天山月内涵的一部分。

另一部分，只有品味，才能抵达空灵与激情的内心。品味，不如说品读。无论仰视或眺望，没有足够的热血澎湃，注定与天山月失之交臂。

注定远隔千山万水，一生一世无法相拥相叙；注定一辈子望月兴叹。

我小心翼翼，从一首唐诗里试图走近天山月。我一路艰辛，一路欣喜，从一朵雪莲的花瓣上，看见月光洗礼的静夜，金子般洒落浪漫的诗意。

以天山月的名义，下载天堂的底色。高度、高远、高昂组合的平台上，我的抵达，让一弯月躺在天山怀抱醉眼蒙眬。醉而不晕，朦胧而不惑。

这是天山月，雪莲一样的隽永。这也是天山月，冰雪一样的纯洁。

其实，天山月并不遥远。只要怀一颗火热之心，天山月如此温馨。

雁 阵

射出的箭，回头是不可能了。

用骨血切割空气，掘出一条路。一条通向爱情的旅途；一条通向天堂之道。

空灵的天宇，像一张铺开的宣纸。雁翅拍打着宣纸的空白。拍打出晋人王羲之行笔自然万物的率真；拍打出唐人怀素挥毫狂草乾坤的大舞；拍打出宋人米芾墨韵四季的春华秋实；拍打出明人文徵明端庄楷书的人间风花雪月；拍打出清人郑板桥翻江倒海般的心血澎湃；拍打出我满含眼眶的热泪。

这是无偿的感动。少去商业的表情。

一只大雁引领一群大雁南来北往，留下永远的流畅和唯美。

感动，通过一只飞翔的箭头，诉说心语。这是哲学的表达和民俗的爱。远去的掠影，带走我目光深处密布的白云。

留下那片蓝，海一样的蓝。装点这个扑朔迷离的世界。

冬不拉琴语

马背上的哈萨克族牧人，向我招手。

这是在阿尔夏提草原，阳光像金色的颜料，涂染他的手势。我可以读懂手势的含义。

比起非洲的塞仑盖蒂大草原，袖珍的阿尔夏提草原，呈现与众不同的辽阔。而比草原更加辽阔的地域，是冬不拉弹出的游牧曲。朝朝暮暮，荡气回肠。

马背上的阳光一层高过一层，当高过牧人的目光时，冬不拉是唯一的心跳。

音符飘在天空，是舞蹈的彩云；是飞翔的雄鹰；是澎湃的松涛；是炊烟腾起的奶茶芳香；旋律落在地上，是天趣的草；是灵性的花；是追求爱情的彩蝶；是河流泛起的欢笑。

这是冬不拉的基因；这是回荡在草原上的煦风。

这也是牧人心灵的高山流水，千古绝唱。

鹰

　　高度，是舞者梦境的虹影。艰辛、率真、无畏无惧，是哲学组合的睿智。

　　我的目光被翅膀牵引着，从一个高度向另一个高度移动。

　　那是鹰的舞台，无边无际的天宇，日月星辰装点昼夜的舞台。

　　一只鹰的舞台，舞者用羽毛覆盖苦难，用翅膀驮起四散天涯的吉祥。飞舞，这让天地万物沸腾地表达，让一个季节的烂漫，扶着另一个季节的丰饶，为季节献礼。

　　一只鹰的舞蹈，注定成为多少目光仰视的高度。

　　一只鹰的奔波，注定成为一个季节或所有季节的赞词。

　　我行走在赞词里，看见艰辛的自己和荣光的自己，以鹰的名义，用诗歌留住艰辛雕塑的时光，用诗句为一只鹰深情敬礼。

看见芦苇

春绿秋黄，芦苇从来不跟风。

她们的时尚是没有时尚。她们把素朴的人生举在头顶，举起河流汹涌脉络的浩浩荡荡。数万年或更久远的蹒跚，属于芦苇的湿地，各种鸟，以歌者的名义，把一个季节的绿意，往另一个季节的金黄搬运。

顶天立地。无论挺胸抬头或匍匐向前，芦苇手拉手，肩并肩，用肌体撞击南来北往的风声。用骨头敲打白昼的喧嚣和夜晚的寂静。

绿裙上的阳光，以绿色的名义，举起一个季节的旗帜。

金色的脊梁上，另一个季节的歌谣，以大雁的名义远行。

远方是第二个故乡。芦苇注定生得平凡，死得平静。

这一切经历，像一个人或一群人庄严的默哀，与痴心的思念。

河之约

你背过身的瞬间，时光已越过千山万水。

我记住临别的轻语和清丽的容颜，来不及把心语驮在鹰翅上，捎给你。转身的底片上，整个世界在干枯中，等待再次润泽。空阔的河床上，我的等待比石头更加坚硬。

那些快乐的日子，那些阴雨绵绵的白天或夜晚，我们都在一起，聆听天山松涛给大漠献辞。品读一只鹰飞过草原留下羊群一样的诗句。

在一起，还有什么比波涛汹涌更浪漫的事。我以水的名义，等待你流动的眼神，穿越苍凉的疆域，让绿荫覆盖孤独的心灵。其实，我已经听到了那瞬间的轰轰烈烈。

为谁感动难以分辨。曾经的你和现在的你，谁最风流。或许，那些都是一种符号。

在流动的葱茏中，我已经看到了，被你擦亮的月光，在天山脚下涂染的浪漫。

聆听风吟

湖中鱼入眠深水里。一弯钓鱼钩一无所有。

风吹过湖面时，阳光在鳞片里抖擞身姿。披露一条鱼或一群鱼的隐私。

风继续吹，为了前生的一次失约，或为今生的又一次相逢。我隐身骨骼中，听风一次次敲打五月的花瓣。听风一次次轻抚八月的果壳。

相逢或失约，对风来说，已经穿越了生死离别；穿越了时光的轮回。

当穿过我的骨骼时，我聆听到婴儿的啼哭声，在一浪高过一浪的松涛里，让一群鱼活得率真。

雪莲在鹰翅上飞翔

翅膀高过天山时，一只鹰丈量生命的高度，活得比雪莲花更绚烂。活得比雪莲花更加艰辛。艰辛，是一只鹰的必修课。

经历、体味、苦难、乐观，这一切，让一只鹰奔波了一生，荣耀了一生。

这一切，让雪莲在鹰翅上飞翔了一生，绚烂了一生。

比云霞更高远的雪峰，雪莲花的飞翔漫过五千年时光，却从未停下。

本色品质，慈善的心灵，早已脱离植物的基因。高度，当超越血液的轮回时，雪莲花注定展翅飞翔。注定以鹰的名义，飞回雪莲的花蕊，挽留离家出走的松涛。

雪莲在鹰翅上飞翔，在天山挺起的胸膛上飞翔。

起起伏伏的天上，是一只鹰的前生与今世的乐园；是雪莲绽放时光的回声。

古　井

　　古井很古，古得忘记了年份。

　　井口青石上磨出一道道深深的沟壑，记录古井的荣辱与兴衰。

　　如水的时光，在古井里年复一年、日复一日，死亡或重生。草木一样的人群，一茬接一茬走过古井，逝者伴随古井远去。而生者，围着古井生生不息。

　　古井很古，古得一辈又一辈人，谁也说不清挖井人的名字。

　　古井里有取之不尽用之不竭的水。突然有一天，古井里的水，再没有走出井口。古井里掉下去的五岁男童，永远闭上了双眼。

　　古井很古，古得像凝固的时光。

　　小孩很小，小得让心里隐隐作痛。

雪继续下

雪片像一只涂抹证据的手，覆盖住午夜的本色。

寒气像盯梢的人，看不见踪影，却始终萦绕左右。

这是一个中等城市。在红星路和友谊路的交叉路口，一个中年男人坐在雪地上，等他十岁的儿子。每天放学，他的儿子都从交叉路口经过。

他的目光停留在十字路口，被月光击碎的雪片铺在街道上，像无家可归的孩子。

雪继续下。那个等儿子的人坐在雪地上，像一尊雕塑。他的目光深处是疼爱的儿子。

一个星期前，十字路口刺耳的刹车声中，他的儿子再没有醒来。

雪继续下。每天晚上，他守在十字路口，看见儿子背着书包，朝他边走边招手。

带釉的月光

红土地上的玉米熟透了,爱情的手臂伸向带釉的月光。金灿灿的釉色,金灿灿的月光。

这是乡村风景。

村落或田野,到处走动带釉的月光。

玉米熟了,一地一地像初生的婴儿;一片一片像列队的学子。

带釉的月光,我的新娘。

带釉的月光,红土地上生长的童话。

画里乡村,摇曳天堂光芒。牛背上的农历,忙碌的身影,水天一色,心境高远。

这是红土地上的音符。抖擞带釉的月光,满地金色年华,浓妆淡抹。

油菜花开

这是你的节日，油菜花开的日子。

二十二岁的芳龄和油菜花心心相连。微笑，发自内心的青苗走过阳光地毯后，你的脸庞花开烂漫。这是你的底色，骨子里吹拂的煦风，涂染一个叫油菜村的容颜。涂染油菜村小学八十八名学生梦想的伊甸园。

油菜花开的日子，是你的节日。

知识、理想、品格、笑容，还有短暂而绚烂的生命花朵，与油菜村融为一体。

支教，二百八十六个日日夜夜，既短暂又漫长。

你用朝气、爱心、质朴、心灵，激活了一个个腾飞的翅膀。

还有一把旧吉他，催开满地的油菜花。油菜花开的日子，是你的节日。

你说过，你最爱油菜花。

仰望天堂，仰望白血病里远行的亲人。

红柳花开

无限大漠，沙风吹奏亘古岁月的谣曲。

苍凉肆意的版图上，死寂横亘岁月走过的足迹，像一场永远不醒的噩梦。

看不见飞禽筑巢；看不见走兽在月夜曼舞。天高路远的大漠，唯有红柳最光华。一片连着一片，朝朝暮暮在荒漠燃烧。

只有红柳，绽放粉红花的红柳，成为大漠动感十足的魂。

白天，像一群舞者，用肢体语言阐述生命的大美。不卑不亢，厮守诺言。

夜晚，像一盏灯，像一片片温馨的灯火，点燃寂静的尘世；点亮梦的翅膀。

红柳花开，在大漠纵横的荒原，花香，涂染红艳艳、喜洋洋的心境。

琴弦上的世界

弦上拨动的心音，萦绕于花絮里。一幅吉祥草原画卷，在和风中徐徐展开。

我以冬不拉的名义，收集阳光；收集阳光里沉淀的音符；收集音符托举的爱情词汇。这如凤凰涅槃的心灵图腾，让我在一根琴弦上，放浪形骸。

活着，像一株株无名花草，释然和超脱。

远天空阔着，仿佛这个世界在寂静中等待冬不拉的抚慰。草以花为豪，花以草而安。弦音里滚动的蹄韵，足以让感性草原更加风情万种。

如诉如泣的音律，当漫过广袤草原时，吉祥铺展的人间天堂，多少蓬勃生命之韵，以音乐的方式弹奏万物风流。

一曲曲低诉若天籁。素朴而深情的冬不拉，以心跳的节奏，在大草原的胸膛起伏。

风雪已远

一场雪覆盖住草原，万籁俱寂。

空蒙的天宇，抚慰风雪撕裂的驼蹄印，一两声鸟鸣，拽着阳光行走。

牧人赶着羊群，像神灵赶着虔诚的信徒。牧道铺展的雪絮上，经卷普照吉祥的疆域。在牧歌里，捧着羊皮酒壶的人，引领阳光抚慰的暖春，往草原的腹地挺进。

近了，近得能嗅到季节的芬芳。沉默已久的草儿，拱破土层探出头来，鲜嫩而活泼的神情，像一个天真的孩子。晴空万里，草甸复苏，春天回到草原的心房。

风雪已远。走远的还有苍茫大地上清瘦的西风。

又见欢快牛羊；又见飘扬的炊烟，裹着茶香奶香，裹着四季草原的吉祥。

诗画唐布拉

一

天马的蹄韵，划过天山的最高处，过滤阳光洗礼的牧歌。

一声鸟鸣擦亮的天宇，足以让一群鸟的迁徙，抵达圣境唐布拉。

五月或七月，喀什河河谷史诗般的交响，演绎十万植物绚烂轮回的盛典。离天宇最近的飞翔，一只金雕驮起雪山的嘱托，双翅上起伏的山峦，以青草的名义，让春天的脚步，从乔尔玛大峡谷启程，漫过十月的绿草甸，依然不肯回头。

这是一株草、一瓣花、一缕风、一峰驼的经卷。

天籁之韵，覆盖住散布唐布拉大草原牛羊的前生与今世。

二

金属的松涛，击打冬不拉的回声，彩排诗画唐布拉的乐章。

一只羊或一群羊，是千年回荡的音符。

心跳抖擞的云霞，一只蝴蝶飞累了，绽放忍冬花的千古浪漫；叙述老鹳草万年的传说。

河流不言不语，去向明了。这是我的旅行图标。唐布拉的暗语里，谁能从指纹上，找到比花草更激情的血性。

默默无闻的炊烟，每天体味生离死别，每天把自己埋葬在幽远的苍穹。悼词早已写好，又不断修改。像吉仁台峡谷岩画里的猎人，每天都有不同的表情与行程。

我匍匐在唐布拉的腹地，不愿离去。

脉络里禅一样虔诚的草叶，织成眷恋之网，打捞迷失在一滴露水里的诗人。

三

蓝色，是一群天马永远嚼不完的时光封面。让我迷醉百里画廊，忘记归路。

走进比生命更纯粹的大自然经卷里，风尘雕饰的植物，已经修行千年，或比千年更久。当面对一株云杉时，突然发现，我并没有来迟。也许已经来迟。

千年前的鹰鸣与松涛，回声，依然扩张我热血沸腾的脉络；依然让我追赶风的影子，学会沉默是金的修为。

比记忆更远的记忆，比忘却更近的忘却，让我行走在紫色风铃的叶茎里，聆听唐布拉的心跳与呼吸。

此刻，一切华丽的赞词，开始枯萎。一切素朴的祝语，像牛羊率真。

四

毡房，像一部书的扉页，写着生生不息的童话。

真实的童话，比挤牛奶的哈萨克族老阿妈的双手更具体。十指上闪耀的黑日子白日子，在马蹄腾起的草屑里飞扬。从喀什河的源头从从容容流走。

　　牧鞭甩响的四季谣曲，一条河的走向，鸟语花香；一条河的坦荡，云淡风轻。

　　这是天堂的底色，百万草木早已列好方阵。

　　唐布拉啊，以诗画的名义，检阅时光编织的花环；检阅一峰骆驼背负的生命颜色；检阅一只金雕双翅驮起的吉祥；检阅一条河弹奏的千古绝唱。

　　这一刻，我临摹一株草的虔诚，涅槃成诗画唐布拉的底片。

接近蓝色

火焰把自己堵在高温里，羽毛四起。

这不是闪烁的金子，不是红色梦幻里的抒情。这只是水的另一种基因。

柔情过后，一些壳堆在时光里，被慢慢遗忘。

这自焚的鸟哟，被神灵辅佐着，在一道道光芒里，接近蓝色。

最直接的抵达，绝对与蓝色有关。一片连着一片，望不到尽头。

接近蓝色，听不见有人走动或有风在吹。看不见叶子与花瓣，深夜的缠绵。

接近蓝色，色彩与色彩相互交织、相互涂染。

像月光撕裂春天的内脏，不仅仅是花团锦簇，或馨香四溢这么简单。

一觉醒来，才发现梦无法带走

一觉醒来，才发现来不及带走的梦，留在远方，做鸟鸣拨动的弦音。

我知道，一觉醒来后，什么想法都变得感性起来。想起一次邂逅，被雨水撮合。不是巧合的机遇中，难忘的眼神，留下不眠的叙述。

直到把自己融入梦境，才觉得像鸟儿一样在飞翔。

久违的飞翔，飞不出记忆的寰宇；飞不出爱情打点的时光。

蓝色的目光，开始切割比黑夜更黑的心灵。切割比现实更真切的影子。

一觉醒来，才发现梦无法带走。

带不走的还有梦里那场轰轰烈烈的爱情。

鹰之韵

一直行走，直到走到生命的尽头。

在天空，一只鹰用翅膀行走。这是命中注定的行程。

行走，让一根根羽毛掉光；行走，让天空变成天堂。

一只鹰并不孤独。孤独，是它活着的高度。

一层叠着一层的高度，直到自己成为天空的一部分；成为翅膀抒写的象形文字。点与面的转换，春与冬的更替，翅膀与飞翔，同荣共辱。

一只鹰，枕着蓝天一觉不醒。一只鹰，是飞翔的影子；是阳光抖擞的羽毛。

一只鹰，是月光的梦境；是星辰遗落的幽光。

一只鹰，是我的前世；是前世留下的恩恩怨怨。

白猎犬在草原舞蹈

正午时分，我的羊全睡了。春天的阳光，像梳妆后的新娘。

整片草甸，弥漫袭人的芬芳。这是在正午，空气停止流动。我守着我的羊群，那只白猎犬，像鸟翅击落的一朵白云，在羊群周围飘动。

它比我更加警惕，更加呵护这群羊。

正午在阳光中不停移动，我的羊群，留恋睡意，谁也不肯起来，谁也没有起来。

正午的草甸，写满宁静。这一刻，可以清晰地听到羊群的心跳；听到草儿匍匐地上的呼吸；能听到白猎犬追赶一只蝴蝶的脚步。

在羊群里，我看见白猎犬不停跳动，像一个芭蕾舞者。

一峰骆驼回到黄昏

燃烧的血，没有云烟。

一峰骆驼拒绝所有的风尘，回到黄昏。

黄昏，像一首古诗里插满玫瑰花的瓶子。

一峰骆驼背负荒漠大地，回到黄昏。

一只鹰的黄昏，或一只蚂蚁的黄昏，那么辽阔。

一峰骆驼回到黄昏，时光，那么沉静。

沉静，像一朵怀抱春天入眠的花朵。

手背朝上

第二个心脏之堨空阔，风的手臂伸向第三个季节的植物与果实。

这是秋天举行的婚礼。毡房那么拥挤，一个个亲朋好友像一株株花花草草，放下酒碗后，又去光合作用。

手背朝上，心朝上，草原朝上，土地朝上，一只鹰的行程朝上。

而朝下的雪花，在散文诗的故乡搭建王宫。烈酒灌醉的花朵，提前绽放。

手背朝上，一峰骆驼从怀春到分娩，风，远走他乡。

第四辑

雪莲之恋

◎雪莲啊，以花的名义，独居雪山。冷峻而娇美的容颜，是我梦境白天的红太阳和黑夜的白月光。千年寻觅，对你的牵念，横穿空阔的时空，让朝朝暮暮的仰望，变得痴情。

驼群从远方走来

这个世界太空阔了，于是，驼群从远方走来，让空阔变得风花雪月。

我不是最后一个牧人，伫立空阔的大漠，等待驼群从远方走来。这近似节日的庆典，手握的牧鞭，在驼群的舞蹈中，开始抽芽。

春天，已经轰轰烈烈而来。春天的脚步，踩响大漠萌芽的节奏，踩疼偷懒的草根。

我站在大漠上，和羊鞭一起长成迎风而立的胡杨。各种植物，默然无语。而脚下生风。一场经典的春天盛会，在绿色中拉开序幕。

挥动胡杨一样的牧鞭，给驼群指引航向。空阔的胸膛上，草绿花红全部到位。

一群骆驼从远方走来。一群骆驼，是我多年前失散的兄弟。它们背负一个春天的赞歌，让大漠热血沸腾。让我在奔涌的脉络里，看见荣辱的自己行游沙海的从容和艰辛。

驼群从远方走来时，我站成骆驼刺的兄弟。

无论眺望或仰视，心里铺展的绿，被驼群带进大漠的每一个角落。

叫梅的女孩

　　叫梅的女孩来自农村，她像花儿一样绽放在不属于自己的城市。

　　叫梅的女孩朴素大方，勤劳乐观，痴迷钢琴。她把饲养的千只鸡和千只鸭交给爷爷奶奶放养后，她想成为钢琴的一个旋律。

　　叫梅的女孩，确有梅的品质，傲霜雪而不屈，遇苦难有韧性。她把自己的灵与肉一点点融入钢琴里，她活在音符中，笑得比梅花更绚烂。

　　叫梅的女孩常做梦，多次走进钢琴，被音符绑架。每一次都被她精心饲养的鸡鸭解救。每一次梦醒来后，希望继续走进钢琴，继续被音符绑架。

　　叫梅的女孩，绽放在钢琴旋律里，清新淡雅、楚楚动人。她成为钢琴的旋律，她饲养的鸡鸭，成为她的音符。叫梅的女孩从城市回到乡村，以钢琴的名义回到家乡。

　　叫梅的女孩，在钢琴音符里，建造属于自己的伊甸园。

现　在

现在，我终于可以脱下外套了，回到自己的内心。

所有的灯都亮着，没有干扰，不计较功利，把荣辱放在黑暗的角落，赤裸骨血，然后对自己说，这才是自己最喜欢的时光。

现在，终于摆脱伪装，做回自己。这绝对不是自愿的。在伪装里，说了很多过期的话。对我而言，的确是这样，可别人喜欢。我在每分每秒都出卖自己的思维和想法。

现在，我回到洁净的思维里，把没有校对完的诗稿重新校对。

屋里灯亮如昼，屋外是八月的阳光。我不想阳光参与进来，在我的诗稿里，阳光充足，天清气爽。那是阿尔泰的阳光和天空，炫和蓝这两个字，足以让时光不会疲倦和孤独。

现在，我不要穿着外套，参加各种指鹿为马的活动；参加各种口是心非的聚会。现在，我活在诗稿里，修身养性，修补心灵的缺陷，洗濯心灵的污垢，清扫思想的尘埃。

现在，我的双眼放光，光芒覆盖住，赛里木湖的蔚蓝。

失 约

失约，并没有失恋。我站在郊外的麦子地里，站成麦子最好的兄弟。

那天，我们真的失约了。我坚信我们不会失恋。五月的麦子已经长大成人，已经拥有了恋爱的资质，像我们多年前初恋时的羞怯。

我坚信，你一定来麦子地。上一茬被你画过的麦子，现在，还在你的画夹里。而收割过的麦茬，一地一地的麦子，烈士一样倒在地上。一个季节的赞歌，成为空荡荡的挽唱。

那是上一茬麦子的命运，你的忧伤漫过六月的麦子地，直达天山雪峰。

你对雪山说，等来年还画下一茬麦子。那时，我多想长成一棵高昂头颅的麦子，等你涂染。等你用色彩为五谷杂粮哺育的尘世，举行盛典。

一茬茬麦子倒下了，即使我们携起手，也没有扶起来。而新一茬的麦子，已经熟透。

熟透的还有我期待你的目光。我们还是失约了。可我们并没有失恋。

我和麦子站在一起，麦子等待有人来收割。而我，一直等你。

想起一只鹿

它走过荒漠时，有些顾虑。

这个世界，一些不确定的因素随处可见。随处都有命丧黄泉猎物的尸骨。

它谨慎的姿态，像一个执行任务的战士。

在狂风呼啸的荒漠，对一只鹿来说，提高警惕比寻找食物更重要。

它是一只落单的母鹿，它曾做过一次母亲。

最后输给了狰狞的猎手。它尽力了。

这是一片出其不意的荒漠。为了活着，谁都可以干出不可思议的事来。

一只鹿尽可能打起精神，只要谨慎一些，活命没有多大问题。

它的思想五彩缤纷，它的心灵不停闪现做母亲的念头。它活得满面春风。

每当刮风的日子里，我总想起一只鹿，它像我上辈子失散的亲人。

相　逢

那年春天，和一条河相逢。

身后的植物停下奔波。对于一条河，奔波是生命的底片。

可以带走的植物，改变习性。留下的植物，与我一样起早贪黑。

与我一样，为了一条朋友的求助短信，拿出所有的积蓄。

这是一生既定的程序，让一条河，流尽最后一滴血。

那些阳光下手舞足蹈的植物，团聚一起，商议跨越旱季的策略。

一个个精神饱满，河水一样勇往直前。

而我，在白天和黑夜的十字路口，已经与一条河流，血脉相连。

那年冬天

那年冬天，和一朵雪莲花相逢在天山上。

这是来自心灵的速写，在天山雪峰上，写下刻骨铭心的爱情宣言。

连绵的天山做证；起伏的雪峰做证；咆哮的松涛做证；还有那只独居天山的雄鹰做证。

这是那年冬天的际遇。

让飞翔的雪花，放弃翅膀，在寒冬做火焰的舞者。

蓝火苗上的舞蹈，我看见羞涩的雪莲花，以蝴蝶的名义飞翔。

以爱情的名义，舞动那年冬天难以割舍的恋情。

突然想起与你有约

听了一夜的音乐，水一样的音乐，当流过每一条脉络后，突然想起和你有约。

突然想起与你有约，仿佛是上辈子的事。又像今生的承诺。或许是来世的预约。

我隐身时光的背面，查找与你相约的具体季节；查找与你同盟共誓的记忆。

丝绸一样的音乐，被密布胸膛上的森林挽留、复制。

有时，做一棵树，比约会更加简单。

真想做一棵树。做高过森林的树；做可以眺望远方的树。

远离失眠与风湿关节痛，做大自然边缘的植物。

整个夜晚，我在沙漠般辽阔的音乐里，与约会的话题，纠缠不休。

在音乐里，突然想起与你有约。

而你去了何方？我催促自己穿上风衣，在夜风刺骨街头，与你相约。

还能想起

还能想起，你的热情；还能想起，那天雷阵雨打湿的头发。

其实，我们刚刚认识，彼此不知道名字。那场雷阵雨像，我小学老师惯用的下马威。

还能想起，在雨水的围追堵截中，我无路可走。

你的瓜棚太小。那是我去过的最小的房子。还能想起你的热情；还能想起你的笑容。

那是一个名叫哈日布呼的地方，那是你生活的地方。

还能想起你的目光；还能想起你乌黑的头发。

我只是路过那里，那里让我一生难忘。

雪莲之恋

你是我失散千年的情人。让我的牵挂变成白色的花瓣；让我的思念变成红色的花蕊。

唯一不变的秉性，定格成孤僻的眺望。

雪莲啊，以花的名义，独居雪山。

冷峻而娇美的容颜，是我梦境白天的红太阳和黑夜的白月光。千年寻觅，对你的牵念，横穿空阔的时空，让朝朝暮暮的仰望，变得痴情。

雪山之巅，火焰般燃烧的妖娆，是你独吟冰雪的写意。连绵的天山山脉，哈达举起洁白的品性，远走他乡。而刮过脉络的寒风，卷起的雪片，提升雪山的高度。

我多想成为雪山的一部分。用冰清玉洁的心灵为你托举骨身。千年之恋，恋不够的叶绿花红情，让我在梦中一次次哭醒，又一次次笑醒。

思念如天狼星的幽光。独守天宇，把挚情化作夜的寂静。任凭日出日落，月圆月缺。

雪莲花啊，我跋涉千山万水，已站在你的面前。

松涛一样的倾诉，滑过连绵雪山；鹰翅一样的激情，翱翔离雪山最近的高度。

心灵的雪山之上，唯美的雪莲花，把珍藏千年万年的爱情，默默绽放。

紫色乐园是我生命之根

　　我是草原的流浪者，我在草尖上走得太累时，在你花蝶起舞的怀抱栖息。

　　紫色啊，这梦幻般的颜色里，让我重新回到记忆的伊甸园。

　　我的白色毡房仍在，拴马桩上栖居着彩妆的小鸟。那只鸟，多年不曾见面了。我无法断定，它是否还是以前的那只。喝空的羊皮酒囊，仍旧挂在毡房前，等待重新盛满美酒；等待重新在马背上天马行空，放浪形骸；等待重新把丢失的时光找回。

　　而那只丢失的牧鞭，像一面旗帜，昭示吉祥永驻草原。

　　我是草原的流浪者，我背负着生命的紫色，重新回到紫色的乐园。

一只鹰并不孤独

一只鹰独守天山，它并不孤独。

它活在一望无际的天宇里，厮守连绵的天山天脉，用天山雪，锻造骨子里盐的部分。

天山之上，一只鹰，是天空豪情满怀的诗，是荡气回肠的歌；是美轮美奂的梦；是一段看得见摸得着的传奇。

一只鹰并不孤独，它活在另一只鹰的梦境，巡视吉祥铺展的地域。它巡视着它的过去和将来。一只鹰独守天山，它并不孤独。

它是时光吟诵的赞词；它是四季风托举的旗帜；它是天山雪梦境的一片绿叶。

一只鹰驮着春天，让困在梦境的植物，在天堂微笑。

一只鹰并不孤独，它飞翔在我的胸膛上，双翅托起天山的高度。

柳兰花开

在西部大漠，除了胡杨林，柳兰是英雄的方阵。

红色点燃的激情，巾帼一样的英姿，在天蓝草绿的旷野延伸。

炫目之景，让我看见古丝路上跋涉的商旅，用五色的丝绸装点冷暖的岁月。柳兰花，红色的爱情用红色的宣言，楔入大漠的腹地，抵达草原的心脏。

这是草原最鼎盛的时刻，身后的羊群被青草举过头顶，像一朵朵忍冬花，悠然开放。

整个西部大漠，被红色点燃；被红色的风暴推向远方。

柳兰花开的季节，干渴的胸膛，雨水淋漓。空阔的草原，牛羊肥壮。

柳兰花开的季节，多少隐藏的花种子草种子，在红色花海中，风情万种。

多少寸断肝肠的离别，在红色梦境里团聚。

我站在大漠上，成为柳兰绽放岁月的魂灵。

胡杨之恋

死亡的骨肉，让火焰一样的灵魂，穿越生命里盐的成分。

我负重的脊梁，扛起五千年风尘的演绎，仍然挺立阳光下，送别远去的河流。

这是胡杨割舍不掉的一段恋情。在白日子的白，用绿色的叶子抒写活着的史诗。在黑夜的黑里，用枯黄的叶子弹奏爱与恨的千古绝唱。

唯一的身躯伫立在岁月的边缘，守望来不及带走的情缘。

穿越沙风围困的情缘，已经身心憔悴；已经在骨节上刻下时光慢行的标记。我活在象形的标记里，与胡杨并肩默诵镌刻在骨头上的献词。

兄弟一样的胡杨，在狂傲的风声里，高举天山雪，等待寒冬披着绿色的外套走来。

这一刻，我的仰望定格成绵延的山脉，向你必经的地域延伸。

在活着的赞歌里，我把死亡的时光，做成时光的标本，在白天或夜晚吟诵。

恋歌，当从心灵流淌时，河流一样的情愫，在岁月的臂弯里浩浩荡荡。

胡杨啊，一支亘古不变的生命谣曲，在时光的高处，放浪形骸。

永远的马头琴

花朵一样的毡房，在绿茵茵的草原上次第开放。一阵裹着芳香的轻风拂过，这弥漫五月的气息，把草原打扮得天真烂漫。

天高云淡的大草原，马头琴弦回响起千年不息的江河和松涛的韵律。一瓣花、一叶草、一只蝶、一只鸟都是迷人的音符。

这是牧人敞开的怀抱，涂染天空的蓝，延伸河流的远，绽放着花蕊的绚，飘散奶酒的醇。天阔地广，马背上的豪情，抖擞千年草原纯朴的牧人情怀。

今夜，我是不眠的牧者。在马头琴韵放牧牛羊。在牧歌里煮沸奶酒，邀请月光对歌。

今夜，我注定成为阿拉套山的一只鹰。翅影擦过的疆域草长莺飞、河流奔涌、牛羊成群、骏马扬蹄。吉祥驻守的草原，是我脉络里纵横的家园。

今夜，我荣归马头琴，成为一根感性的弦。弦音响起，热血沸腾。爱情，离羊皮酒壶最近；离马蹄腾起的草屑最近。拥有柔情，拥有千古绝唱。

今夜，我注定成为一只幸福的羔羊，在永远的马头琴弦上，放浪形骸。

第五辑

炊烟不语

◎我听到了，火焰一样燃烧的音符，是炊烟的一部分，也是永远繁衍的民族精神。

红灯笼

在大西北，风只要刮起来，从来不拐弯抹角。像我已故的一位小学老师，她纯粹的品格魅力，让西北地域宽广，天高云淡。

这是大西北横亘的千古绝唱。

这也是大西北生灵的造化。跳动的心房，浩荡黄河弹奏的琴音。

一曲信天游和着两声秦腔，让一山一山的春花尽情烂漫；让一片一片的肥田摇曳果实的英姿；让一盏盏红灯笼点亮唯有大西北喜笑颜开的表情。

大红灯笼亮了，心也亮了。

大西北的每一寸土地上，红红火火的底片，映着一张张大写丰收、洋溢和美的笑容。

红土山

红土山脚下，是我住了十七年的村庄。

红土山很红，红得像画家笔下的激情；红得像一朵羞涩的红霞；红得像乡妹子的脸蛋；红得名副其实。红土山很大，从山脚到山梁的盘山路有十六里长。

坐落在红土山下的村庄很大，五千人口，人口还在继续增长。

红土山上种满了红红的苹果，红彤彤的苹果像一片火海燃烧。红土山上一年四季都能听到空远的信天游，年轻人哼着哼着两鬓斑白，老年人哼着哼着去了另外一个世界。

红土山，诗情画意。红土山下的村庄，吉祥和美。

红土山下生活的人们，天趣善良。

老榆树

　　一个叫榆木川的古村落，老榆树在村头活了两百年的时光，或更久远。

　　那年初春的一个拂晓，我背着行装闯世界。临行在你面前站了许久。那年，十七岁的我在心里与你相约，请你等我荣归。九岁那年想爬上你的肩头，当爬在你腰间时，以失败告终。只留下仰视，永远的仰视。

　　尽管十三岁那年，我已经爬到你的肩头时，被村长阻拦了。村长怕我祸害栖居在你头上的鸟儿。风风雨雨，你陪着榆木川的乡亲走过了一个个春秋和冬夏。

　　我和你有过心约，你一定等我回来，哪怕一年、五年、十年或更久，一定等我回来。

　　十五年的光景，过而立之年的我操着外乡口音与你相约。村头的老榆树啊，我梦境挥之不去的牵念。你去了何方？

　　榆树川在五年前整体重建。尽管住宅窗明几净，道路宽敞，而老榆树连叶子都不曾留下。

　　站在曾经的村头，现在的村文化站，我在心里一遍遍重塑你的形象。

　　一群喜鹊喳喳飞过我的头顶，我可以认出来，那群喜鹊的祖先曾在老榆树上居住过。

麦子地里伫立着一棵向日葵

这不是梦，这是另一棵向日葵留下的爱情誓言。

麦子地不言不语，刚抽穗的麦子交头接耳。它们的声音很轻很轻，那么友善和美。

它们拥着一棵向日葵，昼夜不眠。

另一棵向日葵去向何方？把孤独留下来，把无期的等待留下来，让站在麦子地的一棵向日葵独守思念。说不清刮过几次风，下过几场雨，你都熬过来了。

你信守诺言，相信爱是真的，你真的相信爱是真的。连每天摇头晃脑的麦子，也相信爱是真的。是你感动了它们。

于是，在麦子地里，你陪着麦子一起等待真爱来临。或许，是麦子陪着你等待真爱。

麦子不孤独，它们每时每刻团聚，从不分开。它们在幸福的时刻或痛苦的日子，都站在一起。而你，是那样的孤独。这个世界孤立了你，又在不停安慰你。至少有麦子陪着你，有阳光给你向前走的动力。

这的确不是梦，这是向日葵的爱情写真和人格魅力。

冬天果园

所有的果树，停下心跳。

在大西北，冬天像一个持刀的歹徒，连空气都弥漫着挥之不去的寒意。

我伫立果树下，像另一棵冬眠的果树。

就这样站着，谁也不想说一句话。其实，该说的话全让走失的叶子和果实带走了。不该说的话，装在心里，只要春天来临，会说出来的。

枯瘦的枝条，被霜雪一次次凌辱，没有一声叹息和哀怨。沉默是另一种品质，比闲言碎语更能打动人心。

冬天果园里，果树穿得很薄，可我穿得很厚，我怕冷，而果树不怕冷。

它们用骨血击打拥挤的寒气；击打我不适风霜的心灵。

寒风碎雪中，我和一棵棵果树站在一起，就像和起早贪黑劳作的兄弟站在一起。

土　豆

农业的胃液里，土豆像一个沉睡的婴儿。

汗水滋润土地的墒情。劳作，总在鸡叫头遍开始。没有号令，或任何框架的规定。这是与土豆有关的农历盛典。

一个人或一群人聚在一起，他们来自土地的最前沿，脉络连着土豆的心脏。植物的命脉，通过汗水的润泽、厚茧手掌的服侍，才能抵达人类的内心。

这是关于土豆的季节与颜色。一些鸟贴着泥土，飞向更广阔的泥土。

而土豆不言不语。不言不语的还有山地里挥锄的农人。

其实，土豆一直在歌唱，民歌的芬芳漫过五月的山梁。当漫过八月的村庄时，所有丰腴的词汇，编织华丽的嫁衣。

而在低调的土豆内心，一头连着土地的脉搏，一头连着诗歌图腾的炊烟。

胡麻地里有一个人

远远看去，胡麻地里有一个人。那个人站在阳光下不言不语。可他很执着，没有任何理由让他分神或离开。他厮守着胡麻地摇头晃脑的灵物，心里乐开了花。

远远看去，胡麻地里的确有一个人。他劳作的造型，在即将收割的胡麻地无比生动。

他是胡麻地的一部分，是胡麻最好的兄弟。

远远看去，站在胡麻地的人，我曾相识，他艺术般劳作的姿势打动了我。打动了数不清的鸟类。远远看去，胡麻地里的人始终厮守胡麻地。一只只鸟飞过胡麻地，远远望着他，谁也没有靠近胡麻地，谁也不打扰谁，谁也不会对成熟的胡麻做什么。

远远望去，胡麻地里有一个人。

那的确是一个人，一个用麦秆做的人。他继承农人的品质，让熟透的庄稼，颗粒归仓。

紫色一点一点涂染苜蓿的魂灵

　　紫色，一点一点，涂染苜蓿的魂灵。

　　这是季节的手笔。情窦初开的心扉，已经打开。带着诗歌的风儿，早已按捺不住涌动的激情。诗意的蹁跹，让大地怀春。

　　对苜蓿而言，唯有紫色，会让她回到生命的高声部。回到爱情的伊甸园。

　　舞蹈的手臂上，紫色的花瓣以民歌的名义，往苜蓿的心灵集结。这是一年一次的相聚，季节琴弦上，低音与高音融合出植物的交响曲。

　　紫色，一点点涂染苜蓿的魂灵。一点点涂染我心灵来不及绿化的荒凉。

一双布鞋的山路

　　山路比脚步更远。一双布鞋的泥土路上，一头连着野羊村，一头连着黄土镇学校。

　　求学，跋，山路，布鞋。渴望的目光里，注满蠢蠢欲动的理想。

　　黄土山路的脚印里，是日复一日的行走。一双布鞋上的阳光，被北风刮起的黄尘覆盖。

　　一双布鞋的山路那么崎岖，每一寸山路上，重叠小学课本里呈现的智慧与理想。

　　七岁的男孩女孩，或十岁的求学者，一双布鞋的山路那么遥远。可谁也没有停下往返校园的脚步。穿破的布鞋缝了又补，而那条山路依旧那么蜿蜒。

　　一双布鞋的山路，是通向书本的哲学。一双双睿智的目光，捕捉真实的童话。

　　一棵棵弱小的幼苗，一双布鞋的山路上，走着走着，长成大树。

又见白杨树

河流转了一个弯，继续往前走，就能看见你。

一棵苍老的白杨树，守着一条河流，敲打西北风；敲打我飘忽不定的目光。

又见白杨树，时光的印记，象形文字般刻在骨头上。那天我伸出左手，抚摸你去年冬天留下的伤疤，右手阻拦冒冒失失的西北风。

那是过往的西北风，留给你的伤痛。你一边守着一条河的干涸或波涛，一边疗伤。

从不喊痛，这是你的秉性。

默默无闻，守着一条河流的快乐或忧伤，在西风中，清点长满青苔的骨骼。

在春天怀念春天

复苏、萌芽、草绿、花红，魔术般翻转比绚丽更妖娆的春天典礼。

近似仿真的季节里，我看见目光阴云密布；看见自己丢失春天后，又丢失了自己。

在春天怀念春天。我用一片桑叶包裹阳光，用一朵杏花的花瓣做成另一朵花，这是我在春天送给春天的礼物。那是一个遥远的故事，却在我身边，看得见摸得着。

在春天怀念春天。其实，是在春天怀念一个人。一个像春天一样烂漫的女孩。

她走时，来不及告诉爱她的人和她爱的人，她像一片被秋风吹落的叶子。

无论黑日子或白日子，有一片叶子，永远在我心灵飘逸。

一个人的胡杨

在新疆，风把云驱赶到远方后，又驱赶自己的骨血，游走天涯。

一棵胡杨独立风中，沧桑的面孔，刻下几百年横亘的时光符号。在活着比死亡更漫长的白天与黑夜，一棵胡杨丢弃时光的碎片，又珍藏时光的碎片。

这是一个人的胡杨，骨头搭建的烽火台上，我看见金子打造的胡杨叶子，在风中飞翔。

金子一样的叶片，在风中飞翔。鸟儿一样飞向远方。魂灵飞向天堂。

一个人的胡杨。一个人的思想密码。

一个人的胡杨，一个人的生命底片。

这个季节，与汗水有关

风刮过的季节，土地带着充足的墒情，提前抵达春天。抵达让旱季无法触及的农谚深度。

播种，从萌芽的节奏开始。

二十四个节气的最边缘，阳光捐出所有的体温，为一次即临的芒种奔波。

这个季节，与汗水有关。接近盐的部分，我用了整整一个春天的时间，纵深根系，积蓄水分和热量，向一片片碧绿的叶子靠近；向一个个待绽的花蕾靠近。

布谷鸣春，那刺痛诗歌的生命礼赞，横亘于庄稼与杂草的临界。春姑娘，满脸羞涩，掩藏不住心灵荡漾的春意。

离爱情最近的湿地，多少手持赞歌的植物，领衔挂果的荣光。春风得意。

汗水渗透的季节，我注定成为果实的一部分；成为土地最溺爱的孩子！

在麦子地采撷汗水的晶莹

麦子已经收割了。空阔的土地像分娩后的少妇，羞涩和甜蜜过后，在鸽哨回荡的天空拽起彩色云朵。我临摹麦子的姿势，站在麦子驻守过的版图上，脚下有河水流动。

可以感受到关于土地的问候。

空阔的麦子地，沉甸甸的果实，诗意的节气里，我一边以镰刀的名义，把生动的谚语举过头顶。一边弯下腰，捡拾麦子地晶莹的汗水。

这些晶莹的汗水，总会有人来捡拾，比如路过麦子地的我，双手空空的我，总该拾起些什么，才能让我消瘦的诗行丰硕起来，

这些晶莹的汗水，有飞鸟来捡拾，比如一只戴着银铃的鸽子。它拾起晶莹汗水的姿势，让我想起忙碌田野的农人，面朝黄土背朝天的造型，让土地变得既朴素又浪漫。

在麦子地里采撷汗水的晶莹，我突然发现，耕耘多年的诗歌，变得如此贫瘠和苍白。

背帆布书包的日子

在陇原一个叫榆木川的地方，那条泥泞的山路，伴随我走向课堂、走进书本。

帆布书包里的天真，能抖出羊肠小道上的雨水；能抖出黄土高坡的风情。每天，麻雀叫醒隐藏在课本里的太阳。上学路上，为了不迟到，总扮演奥林匹克选手的角色。

书本、铅笔、喜欢的食品，是帆布书包的一部分。是童年的写照。

从记住北京天安门，到朗诵床前明月光的诗句；从理解为人民服务的含义，到诠释《楚辞》；从戴红领巾，到扎领带。

现在，肩上挎着精美的皮包，皮包里面装着手机、银行卡、名片，装着高级香烟、口香糖、U盘等等。真皮包里的人生，是那样缥缈。

总想起背帆布书包的情景。更怀念与帆布书包一起走过的日子。

想起麦子

那是遗忘在黄土高原的时光。没有雨水的预兆，尘土飞扬。

这是耕种以来，最贫血的光景。铁犁被节气擦得锃亮，地头上不言不语的农具，像某一章散文诗删去的词汇，任西风修改关于农业的叙述。

我双手空空，看着天气的脸色行事。

想起麦子，空阔的脉络，暖流涌动。这是流淌麦子血脉的暖流，滋养我赖以生存的土地；滋养父亲胸膛一样宽广的田园。

布谷鸣春，仅仅是播种的开始。耕牛、驮骡、铁犁，还有我，早已等候在田头。

那些遍地燃烧的绿色火焰，冲过干渴，冲过远离播种的节气，以勇士的方阵，向属于父亲的春天，前仆后继集结。

想起麦子，想起父亲劳作的造型。

喊醒父亲

不经意间，父亲老了。和他种植的麦子一样，黄到了头。

那些挥镰的手臂，伸向收获的季节。那一片片割倒的麦子，像父亲亲手抚育的孩子，一个个倒在地头上，阐释五谷丰登的要义。

现在，和麦子一样，父亲也被岁月收割。

父亲像割倒地头的麦子，更像一段岁月的符号，真实而纯粹。

这时的我，父亲的第三个儿子，在新疆的一个小城市写诗。

诗歌擎起的麦穗上，我听到父亲的召唤。千里之外，父亲不停喊着我的名字。

父亲倒下了，不是父亲老了，是父亲累了。

床头上堆放的鲜花，让我想起油菜花里忙碌的身影。

父亲用过的农具、穿过的衣服、喜爱的字帖、吸剩的烟叶，这一切，全堆放在一个屋子。还有父亲的爱、责任、品行，会有人继续传承。

我不停喊着父亲。我相信，父亲一定会醒来。

土豆在深夜敲门

　　我知道，那些在深夜流浪的时光，裸露在离灯光最暗的地方，聆听一只蝉的叙述。

　　整个夜晚，我经历了土豆敲门的过程。

　　听到蝉鸣击碎星光的声音，滑过天体、滑过枕露而眠的植物。听到土豆穿越泥土的脚步声，弥漫夜晚的低声部。

　　我知道，比疼痛更近的分娩，趁着夜色，逼近我拥有的天地。

　　点亮赞词的瞬间，土豆牵引我，在泥土里捡拾发芽的骨头；在诗歌里采撷五颜六色的花朵。那些纯粹的词汇，在土豆深夜敲门时，鲜活起来、感性起来。

　　我被赞词包围着，像一个和善的俘虏。额头上的雨水，滋润纵横胸膛的泥土。这自然而然的叙述，让一个季节开始萌芽、复苏。

　　让土豆在深夜敲门。在精神覆盖物质的夜晚，我像一个失意的患者。

　　面对土豆，我不知所措。面对土豆，我知道，又一次楔入泥土的季节到来。

对话苜蓿

此时，苜蓿以方阵的形式，从远方走来。

紫色啊，覆盖了所有呼吸的植物。接近家园的季节，芬芳贯穿怀春的四季。

到处弥漫着悄悄话。那些正在生根发芽的悄悄话，是这个世界最好的礼物。它们谈论爱情，谈论生儿育女。欢乐的时光，奴役了哀伤的日子。

这是与苜蓿有关的写真。让我情不自禁，成为苜蓿的一部分。

该倾吐的心声，化作泥土，与植物的芳香对话。

这是最直接的表达。最能拨动心弦的唱词。

一年一年对话，从苜蓿开始。不会结束。

棉花地里有一个人

那不是冬天的雪，却胜似雪。

白色，与天使那么远，与白骨上牧草的驼群那么近。在白色的底蕴里，棉花的微笑很勉强，与阳光没有一点关系。

棉花地里有一个人，他在白色的咒语里欲哭无泪、欲喊无声。

这是一个噩耗，对棉花地里的人来说。面对白色，他的心里冬雪弥漫。

棉花地里有一个人，有一个步入甲子的老头，他种植棉花有些年头了，从未失过手。

这一次，他失手了。棉花产量、棉花价格，像秋天的叶子一样跌落。

贷款、工钱，五百亩棉田里弥漫的悲剧，让他直不起腰。这一次，他真的失手了。

棉花地里有一个人，他的眼里铺满冬天的雪，心里却燃烧着五月的阳光。

送到车站

一个人，送另一个人，一直送到车站。

偏远小镇的车站，比冬天更加冷清。她居住的小镇很小，而小镇人的心胸却很大。

她与他通过网络相识相知。他来自一个南方城市的军营，她在北方一个小镇教学。那群孩子很调皮，学习成绩却一个比一个优秀。

他坐了二十个小时的火车，又坐了六个小时的班车，才到她居住的小镇。

现役中尉，小学教师，网络，现实。

一个人，送另一个人，送到车站后，她头也没有回，走了。

他依依不舍，三步一回头。

他很后悔，不该说教书没前途之类的话。而她一点也不后悔对他的拒绝。

送到车站，已经很远了。

她本想把他送出门口，她很朴实，没有那么做。

琴弦上的宋词

　　马头琴响起的时候，夏雨开始弹奏润物的音符。

　　这是谁的田野与江山？狼群已被宋词驯服。匕首一样的獠牙，转变成柔软的动词。而在形容词里的围猎与追捕，早已停止。

　　琴弦上的雨水，漫过第一朵桃花的记忆，然后，等待第二朵桃花，化茧成蝶。

　　琴弦上的宋词，一只黄翎鸟衔着露珠，轮回成女词人的眼睫毛。

　　只要眨一眨眼睛，就是一个春秋。只要眨一眨眼睛，就是一个世纪。

　　风赶着风逃亡；云牵着云浪迹天涯。只有宋词，被心跳与眼泪滋养。

　　琴弦上的宋词，一个人的风花雪月，比孤独更加空阔。马头琴弦上奔腾的马群，落叶一样四散天涯；宋词一样铺满女词人的春夏秋冬。

　　这一刻，天涯空阔。在宋词里流浪的风，日复一日自述、自省、自乐。

一株胡麻在深夜歌唱

一株胡麻在深夜歌唱。风静月明，劳作的人，枕着胡麻的梦入眠。

这是夏天，一株胡麻已长大成人。它在风低过一只鸟翅时，读懂了作为胡麻的本性。

歌唱，是一株胡麻在深夜的修行。它放开嗓门，旁若无人。

人生苦短，一株胡麻不会放过一分一秒的绽放。

它像花儿一样飞翔；像鸟儿一样歌唱。这是一株胡麻的千古绝唱。

修行，比一只麻雀的飞翔更加高远。

一株胡麻在深夜歌唱，一株胡麻在歌唱中轮回成另一株胡麻。

井　水

自来水已接通好多年了，而母亲一直喜欢吃井水。

那口井是谁挖的，没有人能说清楚。祖父曾经说过，那口井是榆木川的祖先挖的，吃水不要忘记挖井人。然后，祖父走了。

祖父是笑着走的。那口井里的水，甜畅了他一辈子。

现在，吃水很方便，再没有人半夜三更守着井口打水；再没有人惜水如油。

而母亲一直在吃井水。她的身体康健，眼神和井水一样清明。

母亲每天往返五百米，用木桶提水吃。煮茶、炖肉、泡酸菜、做米酒，都用井水。

那口井被一块青石板盖着，每一次在井里打水，母亲像揭锅盖一样移开石板，打完井水，又盖上。村里的年轻人很少去井口，而和母亲一样年纪的老年人经常光顾。

只是那口井里的水越来越少了。在井口打水的老人也越来越少了。

木头锅盖

铁锅盖、铝锅盖、合金钢锅盖、钢化玻璃锅盖，五花八门。

要追宗认祖，这些锅盖的祖宗，非木头锅盖莫属。

环保、实用，对母亲来说，木头锅盖最可靠。

像七十余岁的赤脚王医生，为十村八乡的乡亲们看了五十年的病，谁都对他放心。

木头锅盖，像赤脚王医生的同时，也像村里接生的四婆。

八十岁的四婆接生过的孩子，已经做了祖父祖母、外公外婆、人父人母，虽然没有医院接生讲究与气派，可四婆接生的孩子，一个个顶天立地。

木头锅盖，其实很像我的每一个乡亲。那么朴实，让人放心。

打谷场

　　在山村，打谷场一直很忙。不像石磨，已经闲置很多年了，可谁都没有忘记。

　　机耕机收的日子，离山大沟深的村庄那么远。春播秋收，山村像一本书的文字不变。

　　而书的内容在变。

　　从空阔到空阔；从高远到高远；从山村人的心灵到山村人的灵魂，变得那么纯粹。

　　春天的打谷场与秋天的打谷场一样热闹。

　　打谷场上，除了物质的，还有精神的。除了孩子们的笑声，还有麻雀的鸣声。

　　打谷场，在山村，是那么丰富。像在山村教书的表弟发表在报纸副刊上的散文，既有泥土地的湿度，又有五谷杂粮的馨香。

　　这是打谷场呈现的山村生活画卷。

　　打谷场，对山村来说，既是清点粮食的地方，也是凝聚人心的地方。

第六辑

西域写生

◎风干的血，用石头做标记。空白的马蹄印里，风吹着自己的身世，寻觅散落新疆的指纹。血液，纵横新疆的脉络里，沸腾一条干涸河床的梦境。

伊犁的那些花

一、杏花

塞外江南的头衔，伊犁名副其实。

整个春天，雪留下的主题，杏花是最初的抒情者。它继承了雪的宁静、典雅，即使清雅怒放，也是一种崇高人品的提升。

塞外伊犁，杏花是初春第一声吟诵。洁如处子的笑容，已覆盖了千年冷峻、苍凉的词汇。把白色的白举过头顶，不言不语，胜过滔滔不绝的表白。

杏花花蕊里的伊犁，已按捺不住歌舞狂欢。引蜂鸣蝶飞，春风和畅。

这是爱情的杏花，羞而不怯，美而不俗，艳而不媚，洁而不癖。

身处伊犁，心醉杏花。这清泉一样的白衣女子哟，我看见你走出宋词的雍容雅致。让多梦的伊犁沉睡在花蕊里，不愿醒来。

而我，用诗句轻抚你脸颊上的晨露，心灵因你，洁如素雪。

二、薰衣草之恋

整个河谷，色彩装点伊犁舞动的身姿。

梦中的缠绵，依然历历在目。紫色铺展的浪漫，让我跋涉千山万水，与你相约。

脚下的河流，是我至诚的表白。头顶的蓝天，是我千年前许下的心愿。而不言不语的雪峰，为了一次恋情，高举雪莲花祝福。松涛合唱爱情赞歌，鹰翅很低，云淡风轻。

帕提尔汗啊，我梦中的女子，以紫色的名义，让我一路不会迷途。

爱恋依旧，整个河谷，弥漫人间天堂的祈祷。

三、坐在那拉提草原听花草呓语

六月的那拉提草原，风躲在缤纷花蕊里，策划大自然演绎的歌会。

坐在那拉提草原听花草呓语，听心灵和心灵交织的绝唱；听心跳携手千花万草放牧时光。清晨或正午，一匹枣红马领着一群黑骏马、白骏马、红骏马散步草原。

它们的每一个行动，简单明了。像王羲之笔下的一个个行书字，俊逸洒脱；像陶渊明美文里的一个个词语，抒情隽永。

这是一匹马和一群马的韵味；这也是每一株草和一朵花的序曲。

一匹马和一群马，是那拉提草原的一部分；是那拉提草原的生命延伸。

我坐在那拉提草原上，听花草缠绵的呓语，听自己曾经丢失的率真和素朴。

在魔鬼城听风

六月，骄阳。五级北风，聆听交响曲。

这是魔鬼城呈现出的画卷。苍凉，诡异，神话，好奇，痴狂的魔鬼，那么迷人。

闭上双眼，聆听千年前马蹄叩响茫茫大漠的回声。嘶鸣裹在风声里，演绎新疆风吟鼓鸣的传奇交响。

我一样聆听到在风声中百鸟衔着五色的花瓣寻觅心灵的挚爱。阳光落在地上的声音，是金属的脆响；是高山流水击石的叮咚音符；是燕语莺歌的千回百转。

我在风声中，听到五百年前自己的心跳与五百年后的呼吸。

在魔鬼城听风，我听到了纯粹的风鸣夹杂虚幻与狂躁的暴吼。

听风，听博爱的心境或功利的心境。

听风，听环保的心跳或污染的心跳。

一峰骆驼向我张望

很久没有和骆驼对视了。我的目光杂草丛生。

一峰骆驼站在黄昏，让夜幕迟迟不愿拉上。西天的那弯月无法藏身，它裸露着光洁的骨身，向一峰骆驼求助。我背上画夹的瞬间，一峰骆驼向我张望。

它知道，我把它的魂灵藏在画夹里，它向我张望。

一峰骆驼，挡住黄昏的去路，让夜无法抵达预期的隧道。我背起画夹，告别一峰向我张望的骆驼，告别满脸涨得通红的黄昏。我知道这不是一次诀别，却让我依依不舍。

一峰骆驼站在黄昏里，始终向我张望。

我知道，它用目光挽留我，让我用画笔记录骆驼家族的快乐或忧伤。

湿　地

胡杨高昂头颅，对过往的大雁说，留下来吧，这儿最适合鸟居。

一条河从湿地穿过，带走干渴的时光，留下葱郁。

一群骆驼每年经过湿地，总会逗留几天。它们的去留，简单明了。

它们面对胡杨时，那样依恋与痴狂。动态生命和静态生命交织的共鸣，让湿地变得如此灵性。一两声鸟鸣，足以让湿地的草木勇往直前。

一泓清水泛起的波涛，让走失的植物，重归生命的暖巢。

在湿地，一切生命归于朴真。爱和担当，在季节变迁中，更加纯粹。

一条河不言不语，它用无穷无尽的恩惠，赐予湿地丰美。

一些候鸟改变习俗，分享湿地天堂之乐。

温泉素描

马背上图腾的鹰，带走羽毛上的寒意，留下春暖花开。

一只鹰驮起的云霞，幻化出白纱般梦幻的云雾，萦绕在别珍套山，让山脚下草肥水美的地带，回荡天籁之韵。

真实的传说，在温泉的泉水中，演绎情景交融的浪漫。

天蓝草绿、地灵人杰涂染的世外桃源，迷人、迷情、迷心。

泉水过滤泉水，心灵洗礼心灵，春天绽放春天。人性之美呈现的地域风情，贯穿在每一滴清丽的泉水里，滋养比梦想更加真实的梦想。

温泉，以泉水的名义，享恩唯美之誉；领衔生态宜居之荣。

当用泉都写真天泉、仙泉、圣泉内涵时，呈现的魅力，让过往的飞鸟停下翅膀；让四处奔波的野生动物找到归宿。而各种葳蕤的植物，以绿洲的名义修行。

温泉，一个遇见或回头都能拥有爱情的地方，是心与心碰撞的伊甸园。

博尔塔拉

青色草原的底片上，一群鸟收拢翅膀，放弃飞翔，做时光的注解。

马背上的河流，浩荡天山松涛的回声。冬不拉里悠闲的羊群，让辽阔的草原与绿浪翻滚的田野，组成天堂般唯美的画卷。

远处薄雾如纱，遮住阿拉套山的羞涩和情思。

近处是奶酒灌醉的牛羊，引领能歌善舞的牧人，从一个草场往另一个草场迁徙。

马头琴醒着，洁白哈达上赶路的骑手，恋不够痴迷的草原。

一条乳汁般甘甜的河流，滋养吉祥擎起的大地。

都拉洪草原读月

秋风过后，云缺席夜空。

唯一的月亮，是都拉洪草原的新娘。天上草原，云杉在都拉洪脚下歌唱。

风很轻，而松涛澎湃六月的个性，让月光注目。

我撕拽月光的手帕，擦拭额头上的露珠。素面洁心的月光，不用化妆，不用描眉涂唇，纯情演绎的心灵本真，让都拉洪的花花草草载歌载舞。

这一刻，该恋爱的季节，已经到来。

阿拉山口风语

如果可以，我很想体验风的荣与辱。譬如吹过阿拉山口的风。

那些风，前仆后继，更像勇往直前的斗士。那些风，吹着自己的身世经过阿拉山口；经过轮回的通道。

此刻，我站在风浪里，河流一样的风，冲刷我身后憔悴与绚烂的时光；冲刷我燃烧的骨头。这一切，已经演绎了千年万年或更久远，无须求证。

那些吹过阿拉山口的风，毫无疑问，夹杂着香水、红酒、香料的芬芳；夹杂着土豆烧牛肉、烤面包的味道。这一切，与风有关，或与风毫无关系。

吹过阿拉山口的一波又一波风浪里，有多少与风纠缠在一起的草种子、花种子，都想留下来，遍地生根，遍地开花结果。

在阿拉山口的风语里，其实，那些花种子与草种子，早已留下了。

精河生态园画像

　　黄昏、夕阳、金色涂染的生态园，一个地域铺展的精神空间，弥漫文化气息。

　　古丝路要道精河，新丝路腾飞的现代城市，通向亚欧的咽喉。真实神话，演绎真实传奇。绿色装点心灵，生态框架精神，人景互融，和美朴真。

　　这是精河生态园的写真。

　　一草一木灵动，一湖一泉天趣。鸟似音乐，蝶如舞者。

　　诗情景物，画意地域，世外桃源。

　　生态心灵，人文精神，艺术杞都。

路过艾比湖

西风患了肺炎，呼吸急促。

干燥的空气中，植物咳嗽不止。一群野鸭跟着翅膀，寻觅水域。

这仅仅是艾比湖的侧面。而正面的水域，展现十万芦苇舞动时光的风姿。

绿色植被，从来没有停下对盐碱滩的围追堵截。艾比湖，抽象画一样呈现梦幻的地带，让觅食的鸟儿找到乐园，植物蓬勃，阳光和煦。

路过艾比湖，路过心灵最湿润的部分。

诗歌的根须，引领植物和水分，往一只鸟或一群鸟的翅膀集结。

诗歌的肺叶上，那些或薄或厚的云彩，以雨水的名义，润泽干裂的词汇。

在艾比湖，雨水藏在植物的体内。徒步的时光，那么妖娆。

妖娆，让一棵红柳成为艾比湖的新娘；让一只鸟，享恩塞外江南的芬芳。

路过艾比湖，路过大自然在艾比湖举行的盛典。

油画一样的阿尔夏提草原

风把云带到远方后，带来数不清的草种子、花种子，带来数不清的鸟鸣。

而雨水，渗透草种子，渗透花种子，渗透鸟鸣。阳光过处，草抽叶，花吐蕊，鸟吟唱。这一刻，阿尔夏提像一幅徐徐展开的油画。

近处的河流、毡房、牛羊，是油画的一部分。远天的雪山，是阿尔夏提草原的脊梁。

油画一样的阿尔夏提草原上，花儿在牧歌里绽放。

骑手的草原，鞭哨里的传说，从一个季节往另一个季节传扬。

这是属于阿尔夏提草原的色彩。这也是属于一只蝴蝶或一群蜜蜂的风花雪月。色彩叠着色彩，在画笔上抖擞神采。

梦开始的地方，让一只猎鹰奔波了一生，荣光了一生。

油画一样的阿尔夏提草原，空远、寂静、神秘。

油画一样的阿尔夏提草原，梦幻、沸腾、脉动。

一个人的杞乡

红色大写的枸杞林，精河滋养的地域，风情万种。一个人的杞乡，铺满浪漫。比浪漫更浪漫的是枸杞圣果。比枸杞更浪漫的是一个用文字编织绚梦的人。他的名字叫陈晓波。

已过不惑之年的追梦人，他的人生比梦更加迷人。痴情写真的文学心灵，在诗行和美文里种植枸杞的耕耘者，把爱融进激情，用文字提升故里枸杞的高度。

热爱，执着，睿智，朴实标榜的灵与肉，在精神里提炼盐和金子的纯度。勤耕细作，开花结果的季节里，泪光闪烁微笑。微笑中，收获美文集《在生长枸杞的土地上》。

跋涉无止境，一个人的果园里，又多了几个同样的追梦人。笔端沸腾脉络，九个人的果园，又一部美文合集《枸杞心语》，呈现硕果累累的思想高地。

永无止境的笔犁，耕耘、收获、幸福的眼神里，闪烁枸杞的光芒。

追梦，永远的主题。你一步一个脚印，在十四个人的枸杞林里，第二部美文合集《杞乡之恋》，又挂枝头。收获，有时，比耕耘更加汗水淋漓。

西　域

风干的血，用石头做标记。

空白的马蹄印里，风吹着自己的身世，寻觅散落新疆的指纹。血液，纵横的脉络里，沸腾一条干涸河床的梦境。

表达或倾听，荒漠上日复一日的咏叹调，覆盖住没有姓氏的白骨。

虚无的宫殿，王在王的天书里，挥霍别人的时光。

冰冷的文字，比石头更硬。河水漫过后，又裸露新疆。梦醒来后，比现实更真实。

新疆，一个人和孤独同行。在孤独里，喧嚣贯穿每一道脉络。

风，在风的血统里，突然失忆。

新疆，修行者的门槛。修成正果，又放弃正果。

新疆巴扎

请柬在每一个人心里。每周一次的巴扎，谁都不愿缺席。

富有民族特色的集市，操着各地方言的人，行色匆匆。在新疆巴扎，世居民族与移居民族商品交易时，有些人语言不通，可谁都心里有杆秤。

商品琳琅，车水马龙，一部直播的民俗美文，在新疆巴扎上隽永。

和美新疆，多民族的词汇，涵盖了团结、融合、分享、同乐的生活本真含义。

新疆巴扎，民族文化的主题与元素，无须解剖，活灵活现，感性十足。

背负星星上路

草原的腹地，奶茶芳香弥漫的毡房，是我心灵的圣地。

马鞍上鹰图腾的标志里，星光点亮青草的梦呓！

唯有雪山醒着，纯情飞扬的星星是我半生的歌词。必须背负些什么，才能抵达离心跳最近的高度。经年的梦，总和青草纠缠不休。与羊群追逐的蓝天白云，息息相关。

驻守，比远行更加路途漫漫。

我背负星星，沿着牧道前行。马蹄印里的荒原，草深莺飞。

背负星星上路，酒壶里的爱情，醉了绿色生命，醉了牧歌里英姿飒爽的骑手。我的大草原啊，四季的河流，哈达一样飘动。放牧，近似哲学的生存方式，让我漂泊在如水的牧场上，与草尖上舞蹈的羊群为伍。必须学会宽恕，学会有容乃大的博爱。引领阳光，提升鹰翅。才能背负星星。在牧道上读懂休牧与转场的睿智和艰辛。

对于牧者，和我一样活在鞭哨里。面对蓝天白云，一遍遍提醒自己，别忘了从草叶回到草根，再从草根向草叶进发。

一种思想抽芽，够所有的思想开花吐蕊。

在我背负星星上路之前，聆听开花吐蕊的声音，让草原变得绚丽。

消失的牧道依旧是一道风景线

马背上的草原，离牧人那么遥远；离羊群那么遥远。

消失的牧道，依旧是一道风景。对牧人和羊群而言，追逐水草而居的岁月，在那条走了千年的牧道上远去。那条血色涂染的牧道上，白骨上刻下的文字，记录一支牧鞭抽打的艰辛和希望。迁徙的谣曲，已在千年牧道上风晒成皱纹纵横的一个个脸庞。

祈祷，连着驱赶羊群的吆喝，回荡在牧道上。

我在羊群的蹄印里，看见微笑的牧人和沧桑的牧人，在自己的身世里雄心勃勃，壮志铭心。我看见那条重叠着各种蹄印的牧道上，马蹄腾起的草屑里，自己的前生和今世。

一条牧道承载三千年的冷暖荣辱后，以牧民定居的方式，向岁月隆重告别。

手握牧鞭，我最后一次站在寂静的牧道上，隐隐听见，蹄印踩着蹄印奔波的交响。

天狼星下的水墨

立体，绽放，抖擞的地域，天狼星下，复活的水墨用时光作底色。

妖娆，花蝴蝶轮回成胡杨叶子在天狼星下舞动、吟歌。

一把胡琴种植的风月里，王权、美酒、江山，在佳丽的眼睫毛上忽隐忽现。

天狼星下，纵横的水墨、起伏的胸膛、十万胡杨、沙枣、红柳，被鹰翅覆盖。

而一只野兔，在梦境，一遍遍彩排逃亡。

沙漠，戈壁，冬不拉擎起的天山脚下，向日葵搭建的舞台蜂鸣蝶舞。一条河流在另一条河流中走失。空阔的河床上，我是第九百九十九块鹅卵石。

天狼星下的水墨，时光涂染时光的疆域上，一只蚂蚁搬进新居。

坐在柳条筐上歌唱

天山之南，铁打的歌声从未停下。

一群维吾尔族汉子，坐在柳条筐上歌唱。坐在柳条筐上歌唱家乡。

琴声和着手鼓，只要歌声响起，鸟儿鸣叫，花香四溢。

坐在柳条筐上歌唱的汉子，朴实、率真、智慧。他们唱了多年，歌声从未停下。

仰面朝天，歌声是另一种奔腾的血液。

从血液里走过的骆驼、羊群、女人与时光，歌词一样，那么鲜活，那么阳光。

坐在柳条筐上歌唱，站在脉动的葡萄架下热爱故乡。

想起雪

十月的棉花地，温暖与丰满的形容词，很恰当。

在一朵棉花上想起雪，就会忘记寒冷与孤独。忘记枯萎与死亡。

温暖，一片片铺开，一直铺到最黑的夜晚。我看见，高举的双手，在头顶画了一道弧线后，轻轻放下。

劳动的双手，天赐的勤奋，在举手投足间，阐释真善美的寓意。

想起雪，想起燃烧的芦花。

在一朵棉花上，在一片棉花地，十月那么沉静。雪那么消瘦。

想起雪，想起一位远去的诗友。

胡 杨

　　夕阳里的新疆，禅在禅语里，寻找不一样的尘世。

　　铁打的胡杨，有时比丝绸更柔软。颂词与咒语同在。死亡与活着一步之遥。

　　胡杨的远方那么远。远得让一片叶子从春走到冬，也走不出胡杨的脉络。胡杨的远方那么近。近得让根须随时可以找到大海的门栏。血液燃烧，骨头里浩荡金属碰撞的回声。

　　一部生命的经典巨著，呈现铁血柔情。

　　这里的一切虽已过去千年万年，身份却从未改变。

　　胡杨，离水最远的叙述。不会停下。离梦最近的河流，从未干枯。

放牧阿拉套山

云很低，低过一朵蒲公英的奔跑。

放牧阿拉套山。放牧一只鹰的故乡；放牧一峰骆驼的四季；放牧曾经遗失的率真。

放牧，一个人的天涯荒草蔓延。草在草的奔跑中寻觅出处。寻觅一只羚羊留在岩石上的自画像。那是一块岩石上的尘世。饥饿的狼群撕扯昏暗的月光充饥。风隐退。鸟不眠。

放牧阿拉套山，我看见栖身骆驼刺下的爬行动物，尽可能压低身躯，学会潜伏。

这是一个不确定的白天或夜晚。输赢在一瞬间，没有记录。

放牧阿拉套山，放牧沸腾的血性。

岩石上的盛典

现在，我不需要写解说词，一切裸露在阳光下，谁都可以读懂。

远山，牧场，河流，迁徙的羊群以岩石的名义生动。

废弃的弓箭随处都是。木马鞍上镶嵌的花纹清晰可见。一峰骆驼走累了，在栅栏前向远方张望。一行大雁逆风而行。西风烈，草木黄。

这是岩石上的盛典。毡房很小，小得装不下一个过客的梦境。

篝火已经熄灭。此刻，每一个与岩画及时光有关的文字，热血澎湃。

地平线上有一棵行走的树

远远望去，地平线上有一棵行走的树。

那是一棵伞一样的树。沉重的树冠，压弯了曾经笔直的树干。

那的确是一棵行走的树，在地平线上，越来越小。越来越模糊。

辽阔的大漠，植物一夜之间迁徙远方，已见怪不怪。旱季，风像凶手，躲躲藏藏。

地平线上，那棵行走的树，越走越远，远得目光够不着背影。

一棵树远行，是万不得已。像我的表哥，他必须出门打工，才能还债过好日子。

地平线上有一棵行走的树。其实，那不是树，那是肩扛行囊去远方打工的表哥。

读一幅画

有时，荒凉比葱郁更绚烂。

西风吹皱地壳，瘦小的植物，抖擞贫血的身姿；抖擞一峰骆驼的沧桑。

远天没有云，鸟类一次次逃离，又一次次回归。寂静，幻化出十月的色调。

骆驼低垂双峰，衣着单薄的男童，像捆绑在驼背上的枯叶。迷茫的眼神，让我不愿惊扰他内心的恐慌。转场，一峰骆驼背负太多的风尘。

而定格蓝天下的眼神，让我一遍遍重复心灵的祈祷，祈祷一个孩子，拥有春天。

祈祷，比读一幅画，更让人心如刀绞，肝肠寸断。

写生新疆

在新疆，色彩像胎记。

一支画笔的远方那么远，远得像一个人的大漠。内脏空寂，血液悬在云端。

只有一只蜘蛛的网络人生那么成功。大漠是一只蜘蛛的彩排场，天空是果园。

新疆，一位画家的脚步那么沉重。所有的色彩都那么贫血。

写生，写自己的今生与来世。

写生，写血液流过画笔时，景如梦，鸟还巢，兽回穴，花归蕊。

而一位画家，在色彩里隐姓埋名。

第七辑

边地交响

◎每在深夜，我听到大漠腹地的风声，把平展的月光吹皱。每在深夜，我听到来自雪山的风声，把音符一样的星辰吹成交响乐。

迎接我的是胡杨

这是属于我的运气。迎接我的胡杨，在沙海放浪形骸。

没有沙风布阵，闲置的壮观，堆起的沙丘，被驼群驮到远方。

横亘死寂的地里，狼群的爪痕里，暗藏的一场又一场杀戮，趁着夜色铺开。我捡拾横七竖八遗失荒漠的猎物骨头，从沙海往更深更远的沙海迁徙。

远山的冰雪提醒我，一种高度坚持太久了，热情会变得冷峻。

我尽可能提升血液的温度，踩着驼印前行。我知道，有很多人，边走边留下记号。留下芨芨草一样的歌词，留下胡杨一样的血性。被沙风传唱；被雪山猎狩。

留下身后的孤独，交给沙风，涂染另一群狼，热爱大漠的底色。

红柳驱赶寂寥的时光

狼嚎，布满血红的天宇。

为了经历，为了在骨头里提炼金子，等待我的红柳，一边燃烧，一边驱赶寂寥的时光。

我注目火焰擎起的礼仪，把一堆失重的骨血，交给滚滚尘世。

留下灵魂，在冷寂的后半夜取暖。

在冷寂的后半夜，红柳不会停下驱赶寂寥时光的燃烧。

犹如盛典的前半夜，身跨白骏马的女子，从天山的最高处，向我走来。

腾起的白雪，像我十年前的怀念。像我千年前死亡与轮回的见证。

沙漠里的寂静

　　这是搁浅在沙漠边缘的村庄。像一支远征军队留下的宿营地。

　　在这个村庄，我是唯一的村民。驻守村庄，从未离开，活得像深处的沙漠一样寂静。

　　而流动的小河，来自高远的雪山。

　　整个夜晚，无声无息。像我一个人的村庄，默守让岁月无法折回原处的诺言。

　　这样的默守，已过去了多少年，我想不起来。

　　默守，不会停止。等待一个人或一群人的到来。

　　每在深夜，我听到大漠腹地的风声，把平展的月光吹皱。每在深夜，我听到来自雪山的风声，把音符一样的星辰吹成交响乐。

　　真的，每夜我都会听到，月光干裂的声音，与散落的星光，碰撞一起的心跳。

　　默守，一个人的村落，活得像沙漠一样寂静。

胡琴叫醒马蹄的回声

唯一的一口水井，不分昼夜站在村头。

每次我走过村头时，隐隐的回声，夹带着兵器撞击马蹄的声音，弥漫整个村庄。

于是，我会经常走近这口水井。我知道，它会有很多故事告诉我。

冲杀的号角，肉身撕裂的悲壮，一群惊慌失措的狼，蜷缩在马蹄印里，听候处理。

走散的骆驼，累死在沙风里，用一堆白骨做记号。

风一直在吹。吹过一口水井的前世；吹过一群狼的今生。

当吹过一把胡琴的天涯时，琴声叫醒马蹄的回声，修改一口水井的密码。

一块驼骨背负天涯行走

现在，一块驼骨背负血性，行走天涯。

沉默、沉寂、沉重的脉络，慢慢被西风吹干。变成最后的传说。

还有我一个人的村庄，寂静，像昏死过去的一只母鹿，只有一块驼骨，才能唤醒。

然后，还能重活一回。

快马加鞭，水草纵横的版图上，我看见毡房升腾的炊烟，与哈达纠缠在一起，呈现生命的颜色。我知道，一块驼骨背负的天涯里，我搬出村庄，只是时间问题。

然后，跟着另一块驼骨，浪迹天涯。

而那群属于我的羊群，不言不语。

它们走过草原时的神态，千年前的我，在一块驼骨背负的天涯，放弃猎狩。

在西风中打捞沉淀的时光

西风，把一个人或一群人的头发，一根根吹光。

然后，告别猎物和心爱的女人，活得像雪山一样冷峻。

在西风中打捞沉淀的时光。剥皮的阳光，穿过新疆腹地，一层一层把血淋淋的尸骨，分解成苍凉的方阵，任凭西风凛冽。

沉淀的时光，裸露脉络里，清点胡杨的年轮。

倾斜的夕阳，走过五月的地界，带着一只迷失方向的红蚂蚁，寻找暖巢。

这是一只蚂蚁，在生死临界的图腾。像我一次次逃亡后，又一次次回归。

像我分割的灵肉，燃烧的骨头，在西风中打捞沉淀的时光。

在西风中打捞沉淀的时光，打捞被一朵忍冬花删除的爱情。

墓　地

在夜色来临之前，捡拾灵光。捡拾遗失梦境的江山。

爱情碎片拼凑的墓地，为我空阔着，过去了一春又一秋。金属的号角里，随葬的花朵绽放了多少遍，又枯萎了多少回，没有人知道。

现在，我路过空阔的墓地，一种声音，穿透西风的最底层，在咒语里种植白云编织的赞词。而驾驭过的黑骏马，过去多少年以后，依然放牧一望无际的荒原。

空阔的墓地，等待一个人的到来。

等待一个人，带着放弃过的爱情；带着经历过的爱情；带着拥有过的爱情；带着虚构了一生的爱情，反思、忧伤、回味、幸福。

而属于我的江山，在梦境一次次被复制，又一次次被删除。

兄弟一样的胡杨

在西风中，兄弟一样的胡杨，像无名英雄。

在西风中，一些人珍藏时光，一些人挥霍时光。而我在血肉划过利剑的韵律中，包扎被爱情切割的伤口。

沉淀的风物里，一只蚂蚁顶着西风，搬运同胞的尸肉。

一群接一群的蚂蚁，成为铁打的后援，这一刻，荒漠闪烁人性的光芒。

在西风中，兄弟一样的胡杨，在清晨或黄昏，以灵魂的名义，站成挤满祭文的墓碑。

而现在，在西风中，兄弟一样的胡杨，从没有停止前进的步伐。

趁着迟来的夜幕，必须放下心事。

我以一株草的名义，靠近兄弟一样的胡杨；靠近被植物举过头顶的时光。

禅一样的花朵在戈壁绽放

剩下的时间，我会在空寂的戈壁，斟满酒杯，为一个人的时光，喝得酩酊大醉。

为一个人的时光，在宁静中蜕变得像禅一样虔诚。

这是我的修行方式。咬破手指，用血写下一个人的碑文。

而沉淀的时光里，禅一样的花朵在大地绽放。

禅一样的花朵，穿越西风，绽放比时光更悠远的轮回。

然后，认领身世。那些布满绿色基因的身世，在这里随处可见。

在新疆，随处都是植物的基因。随处都是动物的基因。

绽放，有时很廉价。有时，是一生的奢望。

胡琴在静夜响起

白天，带走属于生命的那部分喧嚣，留下寂静的夜色，等待梦游人捡拾。

一个裁剪夜幕的女子，她的名字，和胡琴站在一起，成为夜色的图腾。

听到熟悉的音乐，绸缎般的韵律愈合我昼夜挥之不去的忧伤。

快乐的时光，只有借助月光，才能抵达。

才能在月光敲打的心房，把多年前爱过的人或恨过的人，深深怀念。

遗忘总那么廉价。而记忆长期瘫痪。

唯有胡琴，在寂静的夜晚响起。抖擞的琴韵，一半是眼泪，一半是甘露。

冬不拉的河流

鹰翅上的天山，雪莲花照亮冬不拉的河流。

一个人困在草根下，出发，在指纹寻找回归的路口。

相逢，一株老鹤草泄露了春天的秘密。泄露了一条河流的行程。此刻，冬不拉以河流的名义，向松涛讨要曾经遗失的回声。

带着草原一只鹰驮起脉动的版图，却驮不起篝火苗上舞蹈的时光。

冬不拉的河流，奔腾了千年万年，流不出草原骑手的脉络。

冬不拉的河流、毡房、奶酒、一只羔羊的率真、天狼星下觅食的狼群，这一切，让冬不拉的河流幸福了一辈子，忧伤了一辈子。

在松涛里看见一朵云的前生

　　寒风如刀。吓唬新疆这广袤大地上的任何一种植物。面对一条狼留下的爪痕，一只野兔改变行程。

　　在松涛里，我看见一朵云的前生，那么轻盈，也那么沉重。雨水，在秋风来临之前逃亡。追逐，追不上松涛滑行的速度。追不上一朵云的嬗变。

　　秋天之上，一朵云那么消瘦。一朵云通过松涛寻根。它的前世比今生更加艰难。

　　在松涛里看见一朵云的前生。有时，一朵云，很平庸，除了飘逸，一无是处。

　　有时，一朵云，很伟大，它可以孕育大海的孩子。

　　而松涛，没有前生。只要走出去，不留痕迹。

坎土曼走过冬季

高高抬起来，才能深入泥土。

那些僵硬的日子，已经过去了。而寒冷的冬季已经拉开序幕。

坎土曼（一件农具）走过冬季。当走过一棵红柳时，我的胸膛尘土飞扬。我的手心汗水淋淋。在一块块条田里，那高高举起的坎土曼，让新疆大地充满艺术的元素。

一双手的力度，让庄稼从春走到秋，走得颗粒饱满。

现在，坎土曼很少抛头露面。在夜深人静时光芒闪烁。与农业无关的光芒，照亮水墨一样诗意的村庄。而与劳动有关的光芒，被岁月珍藏。

坎土曼走过冬季，走过铁器依恋泥土的记忆。

听 茶

茶以河流的名义，在我的指纹里停泊。

河岸的胡杨不言不语。一块鹅卵石在另一块鹅卵石上安身立命。

听茶，与色彩有关；与血液有关。赶路的骑手，在马背上春风满面。

听茶，与萌芽有关；与鸟鸣有关。挥鞭的牧羊，在鞭哨里聆听草原的呼吸。

布鞋，竹筐，长茧的双手，一把弯镰编织的时光，在我的第二根肋骨上抚琴。

听茶，听朴实的日子；听人之初的真善美。

马背上延伸的牧道

雪那么轻，那么静，从天山到毡房，谁也不会察觉。

牧道，像一条飘带，像一条逃亡的河流，在马背上延伸另一片草原的春天。

马背上的冬天，很漫长。让一匹马跑不出一株草的记忆。

牧道，不是动词，也不是形容词。牧道，是一条脉络。

流动的不仅仅是血液、牧歌、河流、冬不拉的弦音，还有在骨头上赶路的羊群。

一朵花累了，它无法在奶茶煮好前，散发芬芳。

马背上延伸的牧道，最后一只羊留下背影，一支牧鞭被雪埋葬。

穿婚纱的赛里木湖

一

这是一曲浩浩荡荡的蓝色交响。

从七千万年前的喜马拉雅造山时期，已经开始演绎；已经开始脉动。

坦荡、透明、辽阔、梦幻、诗意的呈现，已超越四百六十平方公里水域纵横的脉络；超越百万晶莹之水组成的湖韵。

这是古称"净海"的赛里木湖弹奏的千古绝唱。

这也是位于丝绸之路新疆博尔塔拉境内的天山山脉中，十万涟漪荡漾的神秘湖泊。

二

迷人的赛里木湖，像一位穿婚纱的新娘。

妩媚又文静；含蓄又奔放；典雅又素朴；高贵又平凡。

站在海拔两千零七十三米的山脉中，成为多少恋人思念的理由。成为多少情侣追求浪漫的圣洁之地。

这片圣水，这片天湖组成的蓝色梦幻，是那么隽永。

东西长三十公里，南北宽二十五公里，只是一种数字而已。平均水深四十余米，最深处达一百零七米，也是一种数字。

而蓝宝石一样闪烁的光芒，是天下数不清恋人们以身相许、海枯石烂的浪漫见证。

三

油画一样的赛里木湖，承载着水与水的交融、弥漫着相爱的温馨情愫。

无论她被称作"宁静湖""平安湖""祝福湖"，还是诸如天池、乳海、海西等等的称谓，这些并不重要。

而迷醉万千观光客的，是赛里木湖春秋冬夏徐徐展开的不同美丽画卷。

是那样生动、静美、天趣、灵性、睿智、和谐。

千年万载不变的神采，像禅背负虔诚，朝朝暮暮修行。

是赛里木湖畔的花花草草，在年年岁岁擎起的赞辞。

四

辽阔的赛里木湖，不言不语，又激情澎湃。

蜂蝶迷恋花瓣；牛羊追逐水草；天鹅沉醉湖水；牧人放牧时光。

一幅幅灵动的画面，组成人与自然同乐的天堂画卷。

远处的云杉方阵，织成音乐一样抑扬顿挫的塔林，等待一个人或一群人的赞词。

在这里，白桦与山楂树是动听的音符。在林间花红草绿铺开的彩毯上，马鹿、雪鸡、金雕、啄木鸟们，从来没有停下楚楚动人的歌舞。

歌赛里木湖的诗情画意；舞赛里木湖的天然大美。

五

以湖水抒情的天鹅、斑头雁、白眉鸭们，在湖水里放浪形骸。

它们成为湖水的一部分；成为湖水经典的珍藏。

它们一样成为赛里木湖舞动的魂魄；成为动植物修行的盛典。

大自然演绎的春花秋月，是那么立体、纯粹、醉人。

而历史人文呈现的思想内涵、文化底蕴，也是那样丰厚、多彩、神圣。

六

横亘在丝绸之路北道上的赛里木湖，古典而又神秘。

古人类创造的文明体系，并不是子虚乌有的符号。

那是通过岩画、古墓群、寺庙遗址、敖包、碑刻、古驿站等历史与地域呈现的立体版图展示、传颂。

这是赛里木湖的另一种多角度、多层面的画像。

水秀天蓝。万花争艳的画卷上，少不了感天动地的爱情传说故事。

七

这是发生在赛里木湖畔的爱情传说。

传说那个花儿一样亭亭玉立的汉族姑娘水灵，与蒙古族小伙艾草相爱。

他们的爱情，与赛里木湖的湖水一样纯洁。可是，有一位王爷贪图水灵的美色，将水灵抓进王爷府成亲。水灵宁死不屈，几经周折逃出王府。

那位王爷发现水灵逃走后，带家奴追捕。水灵心知难逃那位公子的魔掌，干脆撞石自尽，用生命捍卫了她与艾草的爱情。

艾草得知水灵被抓进王爷府成亲的消息后，赶快去救水灵。

等他灭了王爷府，才知道水灵已死。他悲痛欲绝，泪如雨下。此时，整片草原突然变成了一望无际的深深水域，艾草为了永远与水灵在一起，他跳进了深水。

八

那是瞬间的永恒，深深的辽阔水域，形成了赛里木湖。

在辽阔的湖面，凸出两座小岛，成为水灵与艾草纯真爱情的象征。

也让有情人，永远相守赛里木湖。

这是水灵与艾草的爱情传说。

从凄美的爱情传说诞生的赛里木湖，荡漾天堂一样迷人的涟漪。

无论过去多少时光，纯洁的爱情，永远那么荡气回肠；永远那么刻骨铭心。

九

波动的蓝宝石，镶嵌在北天山山脉，不是童话，胜似童话。

群山环绕的圣湖，水天相辉。

花草纵横的绿毯子上，牧歌滋润着赛里木湖的四季。

从哈达上走过的吉祥牛羊，在草尖上放牧时光。

十

诗意赛里木湖，丝绸之路上舒展的花瓣，像一张张笑脸。

五彩缤纷擎起的绚烂，高过天山雪莲的飞翔。

这是情景交融的迷人画卷。

从一滴滴晶莹剔透的水珠里展开。

从十万相互依偎、不离不弃的水域展开。

从百万蓝色梦幻、含情脉脉的湖光展开。

从一只英姿飒爽、眷恋草原的金雕翅膀上展开。

浪漫的爱情，忠贞的守望，被湖心情侣岛阐释得淋漓尽致。

十一

"参天松如笔管直，万株相倚郁葱葱。"

古人的诗句，让科山观松的心境，回荡悠远的琴韵与返璞归真的天趣水乳交融。

初夏的赛里木湖，花海如梦，泉流交错。

在野罂粟、金莲花、委陵菜花舞动的草甸子上，紫色、红色、蓝色、白色点缀的赛里木湖，似一幅金锻镶边的油画，吸引与迷醉不同肤色、不同语言的游人。

大美风光，像百年酿酒，沉醉天地。

十二

而盛夏的赛里木湖，如一位待嫁的新娘，羞涩而又成熟。

辽阔的水域，无垠的草原上，万马奔腾，驼群率真，毡房棋布，牧歌悠扬。

这是绿海珍珠描绘的人间天堂画卷。

在远去的时光里，有多少风霜雪雨，荣辱得失，生离死别，爱恨情仇，被光祖演绎得淋漓尽致。

这一切，在赛里木湖畔大草原上留下久久的回声。

十三

沉静的赛里木湖，虽然不言不语，可每天用蓝色的波涛，叙述着已经发生或即将发生的美丽、动人的故事。

净海七彩。这用水做的望远镜，可以看见湖水深处充满生机的另一种风景。

可以看见蓝、紫、青、绿、橙、黄、红、白、灰等等色彩幻化的盛典。

没有理由眨眨眼，分秒如金的绝美景色，谁愿错过呢？

谁都不会错过。

十四

"天池海在山头上，百里镜空含万象。"元人丘处机真可谓金牌游客。

这是属于赛里木湖，如同水墨画一样的绝笔。

还有无数笔墨写就的诗情画意，吸引万千游人，不愿停下脚步。

从富士东崤鸟瞰赛里木湖全景，可以感受到鹰翅上驮起的春花秋月。

从高处开始的心灵体验，遥远之美，在湖水洗礼的眼帘放大。

大得让阳光让路；大得让花朵停下绽放喝彩；大得让过往的大雁忘记回家的路。

十五

美在眼里，美在心里，美在湖水与湖水的舞蹈中。

激浪涌起，其实是湖水与湖水爱情的表白。

这一切，与风没有关系；与划过蓝天的一只雄鹰没有关系；与湖面嬉戏的天鹅没有关系；与那么多人愿意付出时间的微信没有关系。

湖水与湖水之间的倾诉或仰慕，只有用真心、用真情呵护爱情的人，才能听懂，才能知其含义。

十六

在爱情面前，连湖水都知道，没有捷径，没有侥幸，真情与真心，才是唯一。

当然，付出与包容，也是唯一。

赛里木湖的阳光，在朝朝与暮暮彰显不同意境。

无论日出，还是日落，金子打造的光芒，是那么纯粹。

赛湖耀金的寓意里，高贵、吉祥的元素，让观者热血澎湃。

这是赛里木湖独有的抒情。

十七

至于松头雾瀑，是赛里木湖的另一种叙述。

魔术般呈现的千变万化情景，用最华丽的语言，也难以描绘。

在科古琴山的垭口演绎的大自然精彩曲目，让百万云杉方阵，擎起瀑雾的旗帜联欢。

静态之美与动态之魂勾勒出的自然奇观，在赛里木湖畔年复一年、日复一日。

没有什么理由，让美妙绝伦的景观停下蹒跚。

面对蓝色的叙述，永远不会停下来。

十八

洋洋洒洒的赛里木湖，哲学之美；禅学之境；美学之魂；文学之隽。

即使一花一草、一蜂一蝶，都那么血脉相连；都那么迷醉神心。

十九

初秋的赛里木湖，沉静而热情。

每年一次的那达慕盛会，把蒙古族与哈萨克族英雄一样的血性，涂染得神采飞扬。

摔跤、赛马、叼羊、姑娘追等等民族风情的呈现，让整个赛里木湖，像注入兴奋剂一样，欢声叠着笑语，湖天一色，美轮美奂。

对于亲临赛里木湖的天南海北游人来说，一天景色多变化，一年四季人不同。

每一秒有每一秒不同的自然基因绽放。

二十

洗濯心境，纯洁魂灵。阳光一样的修行，是赛里木湖赐予人类的福音。

让五湖四海观光客迷醉；让海内外骑行者痴狂。

环赛里木湖公路自行车赛，由博尔塔拉蒙古自治州发起的体育赛事，在蓝色赛里木湖的感召下，已成为享誉海内外的国际体育盛会。

人与自然的情景交融，在无数自行车的飞动中升华。

二十一

游览赛里木湖，既能大饱眼福，又能大饱口福。

那些富有民族风味的清炖羊肉、烤羊肉包、浓香四溢的奶茶等等特色小吃，是上苍赐予人间的美味佳肴。

迷人的赛里木湖，不言不语。而歌声，像百万花草集体疯长。

歌唱心跳弹奏心跳的浪漫。

歌唱吉祥敲打吉祥的万种风情。

二十二

诗情画意的赛里木湖，穿婚纱的赛里木湖，那样绝美。

要说是大西洋的最后一滴眼泪，还不如说是大西洋留在丝绸之路北道的千古绝唱。

这片弥漫祥和的湖；这片荡漾人间福音的水。

不但是万千植物的天堂，也是各类动物的伊甸园。

更像一块吸引八方游人的磁石。

赛里木湖啊，一滴滴圣水谱写的蓝色交响。

过去了多少时光，依然在欢快、吉祥的马头琴弦上悠扬。

边地花儿

一

那些花儿，首先有灵性，有绚丽的生命，然后，她们才是五彩缤纷的植物。

她们普普通通得像她们自己。灵性的生命赋予她们天真烂漫，在生命所涵盖的寓意里，对于花儿来说，最值得一提的是她们的生命颜色、生命形状、生命芳香。

那些花儿，和人类一样喜欢群聚，喜欢的程度似乎到了铺天盖地的地步。她们根据天气变化和自然条件，而不停调整她们铺天盖地的方向和延伸的速度。她们在土壤和地势的选择上并没有那种近似苛求的矫情。她们活得比人类更加洒脱。

这是那些花儿最基本的生活现状。

我说的那些花儿，是簇拥着中国西部边境夏尔西里生活的那些花儿。憨态可掬是一方面。蕴含典雅与高贵，这又是另一方面。那些花儿，在雅俗中张扬个性。

尤其是居住在夏尔西里的那些花儿，她们既能雅到极致，又能俗到让你心生恋情，一点不会言过其实。那些花儿生活得很高远，至少比我高远得多。

二

那些花儿生活的地方，比我生活的这座城市的海拔高两千多米。

所以，我说那些花儿比我生活得更加高远。站得高看得远。大部分时间，我承认那些花儿，比我生活得更加清丽和简单，这是活着的最高境界。

那些花儿，用活着的简单和简单地活着，解读着人生最根本的含义。

这是思想的根，也是生命的全部荣光。至于思想，越简单越好。简单，其实是禅学的全部。于是，我的奢望，就是能和那些花儿一样，活出简单的滋味，也是一种造化。甚至是一生的造化。对夏尔西里的仰视和膜拜，也是对那些花儿的仰视和膜拜。至少对我来说是这样。

我信奉我心灵对神的虔诚，超过夏尔西里数千年面对天宇的企盼。

这一切都以亘古的吉祥为基础。在过去多年以后，我突然发现心灵至高无上的神，其实就是那些花儿，是定居夏尔西里的花儿。

三

那些花儿临水而居，活得像水域一样坦荡和清丽。

这是湖水的秉性，也是那些花儿的品质。它们的活法很简单，它们活着的理由更加简单，简单到没有丁点理由的地步。于是，我用心灵向那些花儿朝圣。向那些花儿默默履行我的虔诚。唯有这样，我才不会被世俗的风尘掩埋。

这是多么可怕的慢性自杀，在无声无息地吞噬着不太纯粹的灵魂。

更多的时间，还可以聆听到来自夏尔西里那些花儿的窃窃私语。无论白天或夜晚，她们的呓语轻得像拍动的蝉翅。她们的呓语像来自天籁，打动人心。

至少打动了我。让我在感动中随时随地记住感恩，就这么简单。

四

带着朝圣之心，我一次次走向那些花儿，一次次走近那些花儿。

我用我一生的虔诚，向那些居住在夏尔西里的花儿膜拜，把杂乱、荒芜的心灵重新洗礼得清丽、生机起来。把狭窄、枯竭的思想修行得旷达、灵动起来。

这是那些花儿，既朴素又圣洁的光泽。它们用低调得近似轰轰烈烈的光泽，提升我的品行。那些花儿，守着夏尔西里的空灵；守着天山雪峰的纯粹；守着山岩云杉的墨绿；守着一只只雄鹰的天趣；她们的守望不弃不离。这是那些花儿的思想内涵。

只要是花儿，她们就团聚起来，提炼这个世界上最诱人的和谐。并把和谐的理念，提升到花开花落的高度。

那些花儿，她们不在乎谁是赤橙黄绿青蓝紫。与颜色并没有什么关系。只要自然而然活着，只要从从容容绽放，无论花期能有多长，无论花色能有多炫，无论花香能飘多远，她们都亲如一家。都能做到肩并肩、手拉手、心连心。

五

她们组成一个和谐的团队，谁也不压制谁，谁也不给谁使绊，同呼吸清新空气，共沐浴明媚阳光。心境高远，心胸旷达，心灵明净，心情爽朗。这是那些花儿的品性。

简简单单，成为我仰视的高度。更像我千年前没有做完的梦。

仰视那些花儿，我的思想空阔得像一片撂荒的土地。希望在土地上种植些什么，我就想到那些花儿。想到那些花儿素朴的品质。想到那些花儿既简单又隆重的花期。

那些花儿与夏尔西里的脉络相互通相系，谁也不会背过身去。谁也不会因时光的流逝而低头不语。它们活成一个整体，永远脉络相通，心血同流，是时光的一部分。

六

花期正艳，天宇蔚蓝。

这是那些花儿活着亦如死亡的精彩。也是那些花儿死亡亦如绽放的壮观。生命亘古的延续，花开花落只是亘古生命的表情，生死都是一种永恒！

走进夏尔西里，走近那些花儿时，我的心灵变得像蔚蓝的天空，更像鲜活的草色。

那些花儿相互提携着，相互鼓励着，一起往高处走，一起把绚丽举过头顶。像举着一面面绚烂生命的旗帜。像举起一段蓬勃生命的传奇。

那些花儿不卑不亢地开放着，这是属于她们的人生。自然得像一只羊从草甸上走过。自然得像一群羊走过草原。走向更加空阔泛绿的草原。一只羊或一群羊和那些花儿之间，已经传承了多少年的默契？我并不知道。我只知道这样的默契仍然在传承。

那些花儿和那些羊群之间，那些花儿和我之间，一些不言不语的情怀已经渗透到骨髓。谁也无话可说，谁都把这一切当荣耀珍藏。幸福地珍藏着，直到地老天荒。

七

相信多少年以后，我青春的容颜变得苍老，我鲜活的生命变得枯朽，我清丽的心灵落上一层尘埃，我明澈的眼睛注入浑浊，即使这样，我一样能叫出那些花儿的名字。能感知她们禅一样清静、肃穆、典雅、简单的修为。这是那些花儿赋予我的心经。

吟诵的过程，是生命升华和心灵净化的过程。

洁白的忍冬花，是那些花儿的一部分。她的素朴和清雅，奠定了她昂首向上的秉性。她像我千年前失散的恋人，她在阳光下，风雨里，高举瓣瓣洁白叙述她永远不移情的承诺。

她的守望和执着是一段刻骨铭心的千古绝唱。

她延续着她洁白素朴的品性，一直守望下去，一直执着下去。从心跳中可以感知，我离忍冬花只有一步之遥。也许，多少年以来，我就在她的身旁，只是没有打开心扉。

八

如果说素心如雪的忍冬花，是一首仍然回荡在夏尔西里的恋曲的话，那胀萼蝇子花更加洁如处子。像一个永远做不完的梦。驻守诗画边境后，被时光润泽得青春四溢。

这是造物主妙笔飞舞留下的生命写真。

像黄金铸造过似的，一种永恒不变的金黄色，被鼻花和委陵花演绎得淋漓尽致。诱人的金黄色只是鼻花和委陵花各自的族别。她们和蕨叶马先蒿花共同坚守着那份金黄色的生命真谛。她们也是那些花儿的一部分，她们和那些花儿一起相得益彰。共同维护着一种比尊严更高贵的使命和率真。没有什么比率真更能打动人心。

也许对我而言，那是一生都难以抵达的高度。

我积攒着自己血液里流动的全部激情，一次次向奢望的生命高度冲刺。

九

成败已不重要，重要的是，我突然发现自己活得不如一株株聚花风铃草从容。

紫色的花瓣里，我像被沙风吹落在大漠边缘的草籽，等待雨水的润泽，才能把低垂的头颅昂起。在紫色风铃花蕊里，我的一次次远行，近似一次次苦难的延伸。

于是，我背靠着聚花风铃，只有用紫色包装自己，才不会从夏尔西里走失。才不会被那些花儿挤出芬芳的伊甸园。我走得太累了，几乎穿越了五千年的时光，才和那些花儿际遇。

每当风刮过夏尔西里时，我一次一次把堆在胸膛的天山雪，以芍药花、柳兰花的红色名义溶解。

那红色，像一盏盏灯和一团团火，点亮夏尔西里不老的时光。点燃中国西部边境线万千生灵的激情与生机。我积攒多年的激情，当脚踏生机的土壤时，一切变得红火起来。像柳兰花铺开的方阵。英雄的方阵，当驻足夏尔西里时，一切不幸或厄难变得迎刃而解。

这是柳兰花点燃的生命奇迹。也是一朵朵芍药花红色的畅想。

十

从红色的畅想到粉红色的心灵回归，大自然始终在低调中美轮美奂。

没有什么比美轮美奂的生命写意，更加风情万种。这是走近鹿蹄花和沙参属花时的澎湃感悟。时光的高原上，一只只鹿走得太累时，它们总该留下些什么，才称得上是真正意义上的一次生命旅行。

面对梦幻一样唯美的夏尔西里，纵横的鹿蹄花足以写真一只只鹿眷恋世界的情怀。

我迷失在鹿蹄花的传说里，当和一只鹿相遇时，我说得最多的一句话是"奇迹"。除此以外，我不能说服自己，在粉红色的花瓣里留下自己的族别和姓氏。让天马行空的思想，在沙参属的花蕊里，做一个名副其实的骑手或牧人。

我放牧过的牛羊和马匹尽归岁月的一声声咏叹。那些飘逸的花香，顺风散尽天边。

我猎狩过的鹿群，她们早以花的名义，向我叙述着什么，只是我没有及时聆听。

十一

我匍匐在夏尔西里的腹地，可以听懂它们的诉说。

那些近似心灵回声的韵律，撞击着我无法回到花蕊的惆怅。我唯一的出路，是跟着鹿蹄花向夏尔西里集结。跟着沙参属花，以彩色的族别和那些花儿站在一起，才能重新拥抱走失的灵魂。那些花儿没有拒绝我的加入，即使站成一株刺儿花，也是一种怒放。也是一种被流浪旅途敲打得筋疲力尽后的重归烂漫。

即使站成今世的草原老鹳花和串珠老鹳花，也一样活得像禅。

这绝对不是巧合，这是一种修行后的灵与肉的再现。紫红的谣曲里，我最终在夏尔西里修成正果。面朝太阳的日子，微笑成为活着的全部主题。

只有微笑，才能融化千年万载堆积天山的冰雪。

在五月的喘息中，我的骨身伫立在史诗一样雄浑和旷达的草原上，和那些花儿站在一起。和不言不语的羊群站在一起。站成湖水的倒影，站成花儿的魂灵。

十二

那些花儿不言不语，如果不用心聆听，一切都显得那么宁静。

一切都在沉浸中祈祷着什么，也在默默吟诵着什么。只要和那些花儿站在一起，可以听到柔情似水的心音，在绿色涂染的夏尔西里荡漾。

我搀扶自己的身世，老鹤花绽放的节奏，被一只滑翔蓝天，巡视草原的雄鹰驮在翅膀上，往更高更远的天宇提升。在那些花儿面前，我尽可能多地捐出珍藏多年的真情和虔诚，才能读懂红橙黄绿青蓝紫里蕴含的寓意。

站在夏尔西里的胸膛上，我不得不和那些花儿交谈些什么，倾诉些什么，留下些什么，带走些什么，才能找回丢失多年的率真。

那些花儿从率真走向率真，从素朴沿袭素朴的天真烂漫。

她们既像一群修女，也像一群使者，更像修成正果的禅。花开花落，总呈现出一种宠辱不惊的大家风范。这是我和那些花儿站在一起后的心灵震撼。

十三

更多的时候，面对赛里木湖，我很想成为一只羊，才能听懂那些花儿的想法和嘱托。

或许，我就是那些花儿的一部分。亦可以听懂一只羊的心事和叮咛。这一切，当那些花儿成为一只羊的全部，或一只羊成为那些花儿的全部时，我已经是夏尔西里的一部分。

灵与肉的融合，像湖面泛起的清波。我最初和最后的归宿，以家园的名义注册。

驻守在绵延的夏尔西里边境线，那些花儿无谓乎花期有多长，花色有多炫，花香能飘多远。只要绽放一回，就没有枉走一回尘世，也没有在缤纷的人世白活一回。她们的理想是没有理想。她们的最高境界是没有境界。她们的生命价值是默默无闻，坦然绽放。

永远的夏尔西里。神性的夏尔西里。我在花色荡漾的胸膛上，能感受到接近父亲的心跳，和接近母亲的呼吸。在阳光或风雨中增加高度。

十四

那些花儿，成为倾诉者，也成为倾听者。千年不变秉性，万年不改品行，这是我一生中最荣光的一次。也是一生中最放浪形骸的一次。

这接近花香和湖光的行程，已注定我荒芜的胸膛水草蔓延，花香沁人。

骑手的边境在马背上抖擞风情，雄鹰的边境在翅膀上闪耀蓝光。那些花儿洋溢着迷人的笑靥，让多少热血男儿，从天南海北朝那些花儿集结。向神圣的领土致敬。

我是一个骑手，也是一个牧者。我的枣红马高扬的四蹄，可以把一望无际的天涯跑穿。我的回荡牧歌的牧鞭上，把荒芜的大漠抽打得草肥水美。

我的羊群迷恋在花瓣上，忘记归栏。雄鹰旋在天空，不愿收拢翅膀。

弥漫英雄气息的夏尔西里，那些花儿，在夜色里偷走月光一样缠绵的情歌，露水打湿的情歌，是我这一生唯一的表达。对那些花儿的表达，也是对夏尔西里的表达。

参禅般的虔诚，如同跨越千山万水。如同横穿千年时光。

十五

走进夏尔西里，走近那些花儿，歌舞开始升平，爱情在花蕊里亭亭玉立。

我手握情书，这样的时刻已经等待太久了。久得让心灵荒草蔓延，久得让季节失去往日的颜色。现在我可以尽情抒情了。这是一个最适合抒情的季节。

那些花儿已经伸开迷人的双臂，湖水注满柔情。我在我的情书里，看见一群花仙子，彩裙飘飘，姣容洋溢的微笑，直往人的心窝窝里钻。

那些花儿，虽没有庭院盛开的牡丹花绚丽，没有温室里含苞欲放的玫瑰花浪漫，没有花盆里的君子兰高贵。但那些花儿至少比牡丹、玫瑰、君子兰更加有韧性，更加充溢天趣。

当那些花儿盛开在夏尔西里，成了最耀眼的形象代言。当那些花儿在岁月的轮回中，仍然高举从容、率真、素朴、简单的品行一春又一秋，对夏尔西里而言，圣洁、天趣、神秘、浪漫，是最标准的注解。

对我而言，只要和灵物一样的那些花儿站在一起，当面对尘世所有的繁杂琐事时，一切变得非常简单。

一条河流滋养的灵壤

一

水墨灵壤，丝路明珠，妖娆风物，万籁和美。

在诗情呈现的浪漫中，从距今两千七百余年的春秋战国时期开始，已融汇博尔塔拉河浩浩荡荡的波涛；已回荡河两岸悦耳的牧歌中，用辽阔与天籁打开灵壤博乐的迷人画卷。

站在地球的任何一块版图上，只要你用心聆听，会听到天鹅用翅膀弹奏赛里木湖涟漪的梦幻回声；只要你用心聆听，也可以听到脉动丝路新城博乐演绎的和谐之韵。

海拔五百三十二米的博乐市，位于新疆西北部，南邻西天山，北靠阿拉套山，东接精河县，西与哈萨克斯坦接壤，是博尔塔拉蒙古自治州政治、经济、文化中心；是丝绸之路北线通道与经济带核心区的重要节点城市。

历史悠久，山水雄奇，草原辽阔，地灵人杰的博乐，曾留下春秋战国以来少数民族游牧生活的轨迹。在公元658年，唐代中央政权在博乐设置了双河都督府。

二

古意悠悠、新风飒飒的灵壤博乐，镌刻着春秋战国时期游牧民族沉醉牧歌的身影；叮当着汉唐时期丝绸之路摇曳的驼铃；闪烁着清代察哈尔西迁和土尔扈特部东归的精神光芒；凝聚着兵地数代人用力与美建设家园的壮志情怀。

一条河流滋养的灵壤，水资源充足，水质纯净甘甜，水的源头，优质天山雪水与天然泉水的汇聚。境内动植物种类繁多，森林茂密。

在诗情水墨演绎的辽阔画意里，大自然创作的天然生态景观，不但饱眼福、敞胸襟，而且净心灵、养神志。

这里是天然绝美的旅游养生与休闲度假乐园。

置身中国最后净地和天然基因库的夏尔希里，聆听天籁回声；走进亚洲最大的国家级甘家湖梭梭自然保护区，拨动时光琴弦；对话国家4A级与新疆海拔最高面积最大的赛里木湖，领悟蓝色哲学；游览国家级森林公园哈日图热格，弹奏清泉天籁；默读亚洲最大怪石群落风景名胜区怪石峪，体验梦幻之旅；走近世界罕见的与恐龙同时代的活化石新疆北鲵，破译生命密码；漫步西部最大陆路口岸阿拉山口口岸，领略丝路神采；相拥全国最大的咸水湖艾比湖，吟诵千古绝唱。这是自然风光雄奇壮丽、边塞文化粗犷豪放、民族风俗淳朴浓郁、异域风情惹人心醉的博乐演绎的交响乐。

三

湖映垂柳，天鹅嬉戏，飞瀑抚琴，水天合一，彩排蓝色梦幻。

水系景观与生态宜居融合的博乐，文化路、北京路、团结路由北向南，贯通北城与南城的脉络。博尔塔拉河犹如巨龙，舞动南城巨变的靓丽新姿；青得里河好似袖珍神龙，图腾北城曾经绚丽与未来辉煌的憧憬；开屏河如同珍珠蛟龙，抖擞湖光山色、人与自然亲近的城市浪漫。三条巨龙由西向东，从矗立在城市三条主干道上的博尔塔拉大桥、北京桥、昌乐桥、鸿雁桥、金水桥、开屏桥、清河桥、秀水桥、迎宾桥九座城市交通景观桥下涓涓流过。

　　新城与老城的牵手，让清新隽永、舒展大气、水系环绕、犹如仙境的博乐市，幻化出生态养生与现代时尚元素相结合的醉人之域。

　　在一条河流滋养的灵壤版图上，力与美并举，打造宜居城市、文化城市、浪漫城市，并结合独特的蒙古族文化底蕴，是博乐市城市构架的独有特点。

四

　　从数字看，三条穿城而过的天然河流，寓意幸福吉祥。

　　九座极具特色的景观桥，象征中华民族永远九九归一、博乐各民族和谐共处、生活美满。从景观桥的造型看，寓意各异。

　　如博尔塔拉大桥立面飘逸的哈达，象征丝绸之路明珠城市博乐，在"一带一路"经济战略中大展宏图。如金水桥上的八塔造型，象征蒙古族"八旗"勇士曾经抵抗外敌、保卫疆土、建设美好家园的爱国精神。

　　彩桥谱曲，河流吟唱，湖光花影妩媚，高楼揽月浪漫。不夜博乐，星光幽会霓虹，梦幻水域，倒映人面桃花。快节奏思维与慢节奏休闲的博乐，彩桥清流绿荫，生态宜居安宁，丝路新城融情，夜灯初亮，赏景人在仙境。

五

这是博乐精神；这是博乐智慧；这是博乐胸襟；这也是博乐的自信与风采。

自然与人文融情、水系与蓝天辉映的底色里，作为领衔中国优秀旅游城市、国家园林城市、全国文明城市等荣光的博乐市，用水系滋养休闲宜居家园；用水系打造生态旅游伊甸园；

一条河流滋养的灵壤，犹如绿洲如茵、水映楼台的人间仙境；犹如天鹅戏水、歌舞飞扬的世外桃源。这是荣摘新疆最美城市桂冠的博乐市，以及博乐市亲如一家的三十五个民族兄弟姐妹呈现给世界的精美礼品。

一条河流滋养诗画般唯美的灵壤；一条河演绎一座城市沸腾的脉络；一条河流弹奏马头琴放飞的梦想；一条河流舞动哈达擎起的吉祥。

一条河流滋养的灵壤，用天籁打开人间仙境绽放的辽阔。

温泉河谷回声

一

温泉河，奔流不息，年年岁岁，与艾比湖不负约期。

晨曦，既像燃烧的火焰，又像闪光的金子，当给温泉河谷披上金袈裟时，温泉河，从雪山的梦境醒来。在古朴的河谷，天山之上的牧草，被雪雕塑成铺天盖地的晶莹。牧民赶着牛羊，陪伴温泉河谷或辞别温泉河，一起经历冷暖。

其实，哈萨克族牧民的目的地，都是相同的。哪里有牧草，就去哪里。

牧民们最大的愿望，就是把每一只牛羊饲养得肥美，然后，让家人过上好日子。

二

在温泉河谷，早晚的温差很大，而草木保持活力，即使体味枯黄，也会顶天立地。

每到冰雪造访的季节，转场，是游牧民生活的主打曲。哈萨克族女性牧民，像河谷里最亮的花朵，也像河谷最鲜嫩的青草。她们每天为家人的一日三餐忙碌，为羊群忙碌，很少抬头看一眼天空，只要抬头望一望天空，会看见羊群般的云朵，驮着牧歌回荡的吉祥。

羔羊般率真的孩子，一边用哭声向寒冷抗议，一边渴望母亲的温暖。

对游牧民来说，每一块鹅卵石，与牧羊犬一样有灵性。在毡房的里里外外，哈萨克族牧民努尔古丽不需要过多的语言，她的语言，是每天挤牛奶、打馕饼、烧奶茶，以及让日子过得有滋有味，除了这些，她已经是温泉河谷的一部分。

三

云端的别珍套山，那么伟岸，却依然阻挡不住来自西伯利亚的寒风。

风，带走旧时光，留下河谷的回声，向大地诉说孤独。在每天太阳点亮大地的时候，河谷开始沸腾。鹅卵石砌成的小屋，不仅仅寓意温暖，而且还记录着游牧民族的酸甜苦辣。

一块块鹅卵石，当闲置在温泉河谷时，是冰冷的。

而一块块鹅卵石，当垒成游牧民的居所时，却又那么温暖。无论在哪里，道路，是用脚步走出来的。为了孩子的学业，努尔古丽必须带着自己上初中的女儿，下山读书。

对她的女儿来说，在山上过暑假，眨眼的工夫，就结束了。

四

风雪过处，温泉河像一条洁白的哈达，给河谷带来祥和。

而阳光，像不知疲倦的行者，光芒，是温泉河谷的魂。鹅卵石垒成的羊栏，会让风雪放慢速度。而在另一个放牧点，忙碌的哈里和他的牧民伙伴们，慢节奏下的生活模式，让温泉河谷成为油画诞生的源头。

地球上最干净的水，像孩子的心灵。风雪，像永远的约定，年年岁岁赴约温泉河谷，成为既定的模式，无论河谷呈现什么景象，牧民的生活每天继续。

随便回过头，可以看见哈萨克族牧民哈里的妻子迪娜尔守着土炉子，正在打馕。

烤馕，这种让游牧民延续生命的传统食物，像一首古老的民谣，永远诱人。

宁静的温泉河谷，风雪成为无声的插曲。而有声有色的风景，是马背上舞蹈的牧民，他们用水墨画一样的心境，让温泉河谷隽永、诗意、温暖，甚至坦坦荡荡。

五

在温泉河谷，野生骆驼群、黄羊群，在风雪曼舞的日子，才能见到踪影。

它们是温泉河谷的传说。据民间传说，在温泉河谷，如果谁能与野生骆驼或野生黄羊相遇，谁就一生如意吉祥，谁就是生活的幸运儿。

看来，哈里与他的几个牧民伙伴，并没有白费力气。他们洒在羊栏里的河水，是为了让牛羊栏里的牛羊粪结块，然后，一块块垒起来，成为生活燃料。

在温泉河谷，女性牧民只负责一日三餐。在空闲，做些针线活儿，享受静谧河谷的寂静时光，然后，把自己梳妆得漂漂亮亮，面对空荡荡的河谷、面对浩浩荡荡的牛羊，还要面对自己心爱的男人，成为河谷最亮丽的风景线。

大自然，是创造各种神圣、抽象、魔幻艺术作品的艺术家。

六

静谧，蕴藏着地动山摇的呐喊。

叼羊，这种让哈萨克族情有独钟的娱乐游戏活动，成为每个牧民心里的最爱。叼羊的牧民，分成若干组，每组成员中，力量大的牧民抢到羊，交给骑快马的牧民，然后，逃出包围圈，与团队分享美味的胜利品。

在温泉河谷，叠加的马蹄，敲打出的时光回声，像一种精神图腾。

对游牧在温泉河谷的哈萨克牧民来说，聚集在一起投入叼羊游戏，是每一个马背牧人的荣耀。犹如古战争激烈的动人心魄场面，像一首歌谣，会在温泉河谷回荡很久。

七

在温泉河谷，当人马散去后，只有不愿离去的几峰骆驼，重温马蹄磕响河谷的回声。

一场接一场的大雪的造访，对温泉河谷的牧民来说，转场势在必行。牧草，在季节输入密码的瞬间，开始隐藏曾经的葳蕤。在羊蹄印镌刻、延伸的终点，会有更加鲜嫩的牧草呈现。

空寂的温泉河谷，在时光的交替中，牧歌，永远不会改变音符。

当天山雪突然消融的日子来临，那些赶着羊群离开河谷的牧民，赶着羊群还会回来。只是这群羊，已经不是那群羊了。

温泉河谷，从来没有停下叙述。

散文诗的新疆（后记）

　　那时，我还在甘肃老家上中学。在课余，喜欢在自制的小本子上乱涂鸦，断断续续写了二三十篇小文，每一篇都是三百字左右。说实话，我写的这些文字，我并不知道是什么文学体裁，直到多年以后，我才知道，我当时写的这些文字，是散文诗。

　　大概二十岁，我独自去新疆谋生，除了随身带了几件衣服外，还带了我写的那二三十章散文诗。这是我第一次出远门，也是第一次坐火车。两道钢轨是从我站立的陇原麦子地旁穿过的。那时，我知道向东的方向，是笔直的八百里秦川大地，向西的方向是西部苍茫无际的戈壁大漠，是地壳硬度非常而地下石油天然气喷涌的新疆。在长辈们的眼里，那就是天的边际，地的尽头，是内地人常提的古时称为西域的地方。

　　从我第一次听到新疆这个地名时，感觉中就似乎隐藏着某种预兆。好像这名字在上辈子就耳熟能详了。是亲切还是诱惑？或许是一种召唤吧！我不能清晰地说出与我早有了某种契约或某种难以抗拒的邀请与应邀。对我而言，这又是一个痛苦与幸福并举的人生体验选择。我的痛苦，是验证"背井离乡"的含义，是一种艰辛与孤独互融的情感奴役。我之所以想到"幸福"，是对新疆心怀的好奇与渴望。于是，新疆就像一块磁铁，吸引我这块让父辈恨不成钢的"铁"前往。

　　当时，没有过多考虑，我背着装有散文诗手稿的行囊，朝着向西的方向出发了。身后留下陇原大地上的麦子地。我的脚印深陷在麦子地松软的黄土里，我在身上拍下的尘土，落在绿茵茵的麦苗上，被风一吹或让雨水一淋，就是麦子地的一部分。就像我后来无数次的梦境，连十指都长出颗粒饱满的麦穗，连呼吸都是麦香的气息。

我没有刻意做出发前的准备，几乎是自然状态下的自然行为。我无法确立自己行程的目的。谋生、探亲或旅游什么的。就像一粒草籽，被风吹着行走，让雨淋着赶路。从未奢望就地扎根，更谈不上开花结果。我渴求的边塞地带，在未知的状态下，是怎样对我出其不意地表述，或用心灵的真挚温存自然与自然间共荣的灵性。

记得那是二十世纪九十年代初的一年春天，我在新疆玛纳斯落脚后，把两章散文诗端端正正抄在稿纸上，分别寄给了《伊犁日报》和《塔城报》。寄走稿子的一个月后，我又去了沙湾。直到那年秋天，我从沙湾回到玛纳斯的亲戚家时，我的亲戚给我八封信件和两个汇款单，其中四封信件是家人和同学的回信，四封牛皮纸信件和汇款单，分别是《伊犁日报》和《塔城报》寄给我的。拆开信件，我看到是《伊犁日报》和《塔城报》寄来的用稿通知和样报。原来，我分别寄给《伊犁日报》和《塔城报》的两章散文诗发表了。这是我第一次发表散文诗，这两章散文诗的题目是《笛之歌》和《驼群远远走来》。这是我与散文诗的情结，也是我发表的最早的两章散文诗。

在新疆的很长一段时间里，我一边谋生，一边写作。散文诗写作是我文学写作的一部分。或许以观光客的名义，或许以散文诗的名义，从此开始认知新疆，阅读新疆。辽阔无际的大漠；绵延的天山丝带；绿洲分割的田园版图；雪莲花伴着瓜果的馨香；羊肉串的焦膻味夹杂着冬不拉民族特色的弦音；青色草原白云般飘动的羊群；毡房烟囱里袅袅的炊烟……油画般勾勒出神奇而美丽的新疆全貌。

鞭哨伴着牧歌的旋律，马背上的牧羊女长辫甩出的弧线被雨后的彩虹翻版，幻化出雄鹰拍击双翅的韵味。粗犷美，豁达情，奇特景，地域风及民族歌舞组合的天地灵壤，让万物沐浴阳光、吸吮雨露。蓝天白云，天山雪莲，原生态色彩下的自然实体写真，为边塞厚重的民风民情增添和美的氛围。自然的甚至超自然的美，善良的甚至超善良的人类美德所张扬的绚烂，让一切厄难止步。

在散文诗的新疆，从发表散文诗拙作到现在，已经过去二十多年的时光，尽管中途有十余年时间，一方面纯属兴趣爱好，另一方面出于谋生，我什么文学体裁都写，譬如：诗歌、小说、散文、评论、舞台情景剧、歌词、快板、人物传记、小品、报告文学，甚至公文等等，而对散文诗的写作，写写停停，直到2012年，又重新开始散文诗的写作。对我来说，散文诗这种文体形式，像自然而然流淌在脉络的血液，成为生命的一部分。这仿佛命中注定似的，隐隐让人痴迷，同时，让人通过散文诗的写作，洞察万象的真善美，甚至让人心生莫名的感动。

我的感动超越了肉体，跨越心灵的栏栅，在灵魂的原野放歌。古丝路，在诗情画意的悲壮与别致中诉说的传奇，像声声鸟鸣，让人聆听到另一种祥和与激昂。只要眯上眼睛，曾经一望无际的沙海，用流动的沙丘与涨落不定的沙床展现着苍凉美。执着的驼队与聪慧的领驼人注定成沙海永远的灵魂。而新丝路，在"一带一路"的画笔下，更加五彩缤纷。

在散文诗的新疆，脉动的地域和带釉的时光演绎的节拍，让沙风浩荡的边地，呈现草木的葳蕤。同时，隐隐中可以聆听到驼铃的回声。一切向善向美的谚语，在岁月进程中扎根发芽。而开花结果，是人类文明进程的标志。时光演绎下的边塞自然奇特之美，人类创造出边塞后天的辉煌，让沉寂的边塞不再沉寂；让含蓄的边地面对整个世界激昂抒情；让年轻的疆土和着时代的节拍更加光彩照人。

散文诗的新疆，新疆的散文诗，与我一起辽阔，与我一起经历风霜雪雨，与我一起经历阴晴圆缺。在脉动的地域上，潦草的西风，魔术般的云，时远时近的雪山，一滴滴拿鹅卵石练拳的雨水，彩排各种舞蹈的雪花，甚至一两声走马观花的惊雷，都是那么富有意蕴，这只是散文诗的新疆地域呈现的既有序又让人眼花缭乱的一部分。贫瘠与苍凉的景象，已成过眼云烟。眼前所展现的是一片接一片繁荣与富饶交织的城乡版图、湿地草原和田园风光。

　　尽管断断续续写作散文诗有近二十年的时间了，可直到现在，我还没有写出令自己满意的散文诗作品，也没有创作出让读者认可的作品。可是，对散文诗的钟爱，随着时光的飞逝，越来越浓厚。于是，从羲皇故里到大美新疆，从客居到定居新疆，对我来说，对新疆的热爱与散文诗紧紧联系在一起。

　　我觉得，对新疆而言，新疆是散文诗的新疆；对散文诗来说，散文诗是新疆的散文诗。在新疆，辽阔的大漠，喧嚣和寂静分割的地域，各种色彩涂染的版图，时光留下的各种符号，等待对这片地域的热爱者去解密。而且，不会停下思考和感悟。

　　在思考和感悟中仰视边塞，在陇原麦子地拍去尘土后，心灵的原野上飘散边塞沙土的芬芳。一望无际的棉田里，洁白的花絮，像母亲对儿女的思念与祝福，自然风光般温暖入怀。而披在天山上的冰雪，洁白如玉，像痴情的守望者，记录边地的荣辱与兴衰。

　　直面绿洲分割的大新疆，我把思维的探测器伸进历史的长河，尽管古楼兰城萧条与残败的遗址，已成为无数爬行动物修身养性的巢穴，但仍然无法掩盖其曾经的热闹与辉煌。也难泯灭边地这块灵壤沃土的雌性柔美与雄性强悍。

　　不言而喻，至少在我看来，散文诗的新疆，让我在喧嚣的时间隧道里，瞬间安静下来。瞬间有难以言状的愉悦。无论去阅读还是去聆听，都有具象的感受。这种感受，是不是散文诗的赐予，我不知道。但是，我知道，与散文诗有关。

　　乳汁般甘甜的天山雪水，横空出世般绵延的天山，天狼星下脉动的生灵万物，新时代背景下纵横的历史机遇和挑战，这一切，像手艺精湛的美容师，夜以继日打扮着这位让世界瞩目与钟情的"新娘"。从广袤的陇原麦子地到一望无际的边塞棉田；从绵延的黄土高原到浩瀚的戈壁大漠；从偏远山村到边陲小城，感观与心灵拾零的精神花朵，缀满灵魂的挎篮。身在新疆，只要记住勤劳与创造的含义，只要心里有春天的萌动，只要与散文诗对话，心灵的四季，都是鸟语花香与天蓝草绿。

站在新疆的腹地伸开双臂，向东是绿色覆盖苍凉的河西走廊，向西是友邻哈萨克斯坦。我脚下的这块沃土收留了我的全部：微笑、眼泪、艰辛与美好心情。而生命底色中，边塞风情的清逸与雅致；边塞民俗的纯朴与豪迈；边塞容颜的沧桑变迁与青春亮丽；这无限绚烂的色彩韵味，使生命的底色厚重再厚重。甚至，就连梦境里，都是散文诗呈现的立体画卷。

梦境里，绿色与金黄的陇原麦子地依旧，只是又多了一片片边疆棉田的碧绿与洁白。梦境中，黄土高原的亲切依旧，却又多了一种来自边塞版图的愉悦。当然，还有被各种颜色包裹的散文诗。

在新疆的日子里，我断断续续创作了千余章散文诗作品。但是，绝大部分作品中，难以摆脱关于新疆基因的阐述和抒情。譬如，新疆地域横亘的植物，如胡杨、红柳、白杨、沙枣树、云杉等等。还有芨芨草、柳兰花、白梭梭、雪莲花、芦苇、委陵花、骆驼刺、蒲公英、老鹤草、紫色风铃、苜蓿、香紫苏、薰衣草、忍冬花等等，甚至还有麦子、向日葵、玉米、土豆、棉花、南瓜、油菜花、稻米、葡萄等等，以及动物昆虫如雄鹰、胡狼、骆驼、野兔、红骏马、牛羊、麻雀、蚂蚁、蝴蝶、蝉、黄羊、鹿等等，这些生动的、妖娆的、率真的动植物，在我的散文诗里见证日出日落；经历一条河与另一条河的融汇，阐述一粒粒黄沙转变的力与美。散文诗的新疆，就以这样的胸襟，呈现立体的调色板。

于是，当一种热爱变得天翻地覆时，你会放下所有欲望，静心其中。这也是散文诗的魅力。很长一段时间，我的散文诗写作的思维，一直在新疆的地域上穿梭。并且写了大量关于地域的散文诗作品，一部分我自己勉勉强强满意的和不满意的散文诗作品，先后在《伊犁日报》《塔城报》《石河子日报》《博尔塔拉报》《伊犁晚报》《中国文化报》《工人日报》《新疆日报》等数十种报纸副刊发表，以及在《散文诗》《星星散文诗》《诗潮》《绿风》《西部》《延河》《诗歌月刊》《伊犁河》等多种全国各大文学杂志发表。尽管发表了大量具有地域元素的散文诗作品，可是，我很想突破这种模式化的写作。尝试另一种表达方式。

有好几年，我一直在尝试关于人性本真的散文诗写作，从用散文诗绘画到用散文诗讲故事，于是，我先后创作完成了《雪一直下》《看见芦苇》《一只鹿向身后张望》《怀念一只鸽子》《胡麻地里有一个人》《一只手套挂在门环上》《扫啊扫》《黑娃回家》等等大量散文诗作品，其中在2014年初创作的散文诗作品《雪一直下》等四章，在2014年第十一期《天马散文诗专页》发表以后，荣获第八届中国散文诗天马奖，同时，入选《2014中国年度散文诗》。之后，《胡麻地里有一个人》等作品、《一只手套挂在门环上》等作品、《一只鹿向身后张望》等作品、《看见芦苇》等作品以组章的形式发表在《散文诗》《西部》《伊犁河》《星星散文诗》杂志等等，并先后入选《中国年度优秀散文诗》《2018年度作品·散文诗》《2018年中国魂·散文诗》《2018中国年度散文诗》《2018年度作品·散文诗》《2018年中国年度最佳散文诗》等多种散文诗年选。

找准情感释放的形式，是一个写作者的必然选择。我觉得，散文诗的写作方式，恰恰是最能释放情感和表达情感的写作方式，至少对我而言。在我散文诗的写作中，从新疆地域写作到人性本真的写作，我一直没有停下探索和尝试。并且通过散文诗的方式晾晒潮湿的灵魂。而且，整个写作过程，很愉悦。

从羲皇故里到新疆，从观光客到常居者，地域上的差异和生活方式的改变，并没有消减对散文诗创作的热情。在散文诗的新疆，雪山很近，近得让人想成为雪山的一部分。让生生不息的雪水，滋养洋洋洒洒的万物。

当面对一条河流或一片湖水时，让人情不自禁想到草原及森林的归宿和延续。无论对新疆自然而然的热爱，还是通过散文诗的热爱，无法停止。

散文诗这种文体，对我来说，既像画笔又像乐器，只要心灵被触动的任何时候，可以工笔、写意、速写等等，也可以高山流水、闲庭信步、云卷云舒地演奏。那种荡气回肠的抒情，是一种精神涅槃。就是这样一种文体，从它的形成或冠名散文诗开始，就散文诗这种文体的本身，无论在一些报纸杂志，还是各种论坛，有各种观点，众说纷纭。别说写作者，就连一些读者，也有己见或疑问。

记得在2016年秋天，我去山西省运城参加由《散文诗》杂志主办的第十六届全国散文诗笔会，在乘坐的火车上，认识一位从新疆到山西的河北中年人，他说喜欢读书，可并没有写作。一路上，他除了玩手机、睡觉、吃东西，就是读自带的书，也翻阅我带的几本《散文诗》杂志。其间，他很认真地说这本杂志很独特。只是这本杂志的名字特别奇怪！散文就散文，诗歌就诗歌，为什么叫《散文诗》呢？我笑着问他把舅舅的妻子叫什么？他毫不犹豫地说叫舅妈。我说怎么这么叫呢？舅舅就舅舅，妈妈就妈妈，为什么叫舅妈呢？他笑了笑，没有说话。在下火车时，他问我能不能送他一本《散文诗》杂志？我送了他一本《散文诗》杂志，他送了我一包"大中华牌"香烟。三年过去了，我一直想送给他的《散文诗》杂志，他会不会读？但是，有一点可以肯定，他送我的那包香烟，我没有抽。原因是我不吸烟。

对我来说，散文诗也好，舅妈也罢，都不重要。只要热爱继续，只要写作继续。多年以来，在散文诗的写作上，得到过很多散文诗前辈老师及同好的帮助和鼓励，在此一并道谢！非常感谢"'一带一路'大型系列丛书——新疆是个好地方"的总策划戴佩丽、主编孙春光老师！让我的这部散文诗集《大漠风语》能与读者见面。

2019年6月26日于新疆博乐